Polígono das secas

DIOGO
MAINARDI

Polígono das secas

EDIÇÃO REVISTA

EDITORA RECORD
RIO DE JANEIRO • SÃO PAULO
2006

CIP-Brasil. Catalogação-na-fonte
Sindicato Nacional dos Editores de Livros, RJ.

M191p Mainardi, Diogo, 1962-
Polígono das secas / Diogo Mainardi. – Rio de Janeiro: Record, 2006.

ISBN 85-01-07453-5

1. Romance brasileiro. I. Título.

06-0503 CDD 869.93
CDU 821.134.3(81)-3

Foto do autor: Oscar Cabral
Capa: Victor Burton

EDITORA RECORD LTDA.
Rua Argentina 171 – Rio de Janeiro, RJ – 20921-380 – Tel.: 2585-2000

Impresso no Brasil

ISBN 85-01-07453-5

PEDIDOS PELO REEMBOLSO POSTAL
Caixa Postal 23.052
Rio de Janeiro, RJ – 20922-970

EDITORA AFILIADA

SUMÁRIO

1630 7

PRIMEIRA PARTE

Manoel Vitorino, 13
Januário Cicco, 17
Untor, 21
Piquet Carneiro, 24
Demerval Lobão, 28
Untor II, 31
Catarina Rosa, 35

SEGUNDA PARTE

Manoel Vitorino II, 41
Januário Cicco II, 45
Untor III, 49
Piquet Carneiro II, 53
Demerval Lobão II, 57
Untor IV, 60
Catarina Rosa II, 64

Terceira Parte

Manoel Vitorino III, 71
Januário Cicco III, 75
Untor V, 79
Piquet Carneiro III, 82
Demerval Lobão III, 86
Untor VI, 90
Catarina Rosa III, 94

Quarta parte

Manoel Vitorino IV, 101
Januário Cicco IV, 105
Untor VII, 109
Piquet Carneiro IV, 113
Demerval Lobão IV, 117
Untor VIII, 120
Catarina Rosa IV, 124

1630

Milão.

Em junho de 1630, durante a epidemia de peste (mais de mil mortos por dia), uma mulherinha (no original italiano, Alessandro Manzoni emprega o termo donnicciola) chamada Caterina Rosa observa da janela que um homem de manto preto esfrega as mãos nos muros de sua rua. Ela logo desconfia que se trata de "um daqueles que costumavam ungir as muralhas". Ou seja, segundo uma antiga crendice, um agente diabólico intencionado a disseminar a peste.

De fato, Caterina Rosa nota que os muros pelos quais o homem passa ficam borrados de uma suspeita banha de coloração amarelada. A notícia corre de boca em boca, surgem novas testemunhas (uma das quais se chama Ortensia, nome flóreo como o de Caterina Rosa), acrescentam-se detalhes incriminatórios.

No dia seguinte, as autoridades sanitárias decidem investigar o caso. A partir da denúncia de Caterina Rosa, descobrem que o homem acusado de ser o untor é um comissário de saúde, um certo Guglielmo Piazza, "genro da comadre Paola".

*Os magistrados submetem-no a um longo interrogatório. Como ele insiste em declarar-se inocente, começam a torturá-lo com um laço que desloca as articulações das mãos e dos braços (*ligatura canabis*). Manzoni: "Ah, meu Deus!... cortem minha mão... me matem... não sei de nada... já disse a verdade."*

Na terceira sessão de torturas, os magistrados prometem-lhe a liberdade em troca de uma confissão completa. Disposto a inventar qualquer história desde que cessem os tormentos, Guglielmo Piazza declara que o ungüento venéfico fora-lhe dado por um barbeiro chamado Giacomo Mora.

Ao revistarem a loja deste último, as autoridades sanitárias encontram dentro de um caldeirão restos de uma misteriosa matéria viscosa e amarelada. O barbeiro afirma tratar-se de mera barrela para a lavagem de roupas, mas os magistrados não acreditam, solicitando o parecer de duas lavadeiras (uma delas chama-se Margherita, mais uma flor). Depois de analisarem a matéria viscosa e amarelada com um bastão, as lavadeiras concluem que aquela barrela havia sido adulterada com alguma "patifaria".

Giacomo Mora é torturado. Não resistindo à dor, assume a autoria do crime. De acordo com sua confissão, o unto amarelado fora feito com a saliva infectada que o comissário de saúde Guglielmo Piazza recolhera da boca dos cadáveres pestilentos. À saliva, haviam sido adicionados barrela e esterco humano.

O tribunal decreta a sentença de morte contra os untores. No dia 2 de agosto de 1630, um carro de bois os conduz até o patíbulo. Depois de serem marcados com ferro fervente no local do delito, sofrem a amputação da mão direita e o suplício da roda, durante o qual seus ossos são fraturados. Ainda vivos, permanecem pendurados de ponta-cabeça por seis horas. A seguir, o carrasco os degola. Os cadáveres são queimados e as cinzas jogadas no rio. A casa de Giacomo Mora é demolida; em seu lugar, erige-se a chamada "coluna infame", com uma inscrição que recorda o crime pelo qual haviam sido injustamente condenados.

A crença segundo a qual agentes diabólicos tramavam para semear a peste era bastante difusa. Porém os eventos milaneses não se limitam a demonstrar o obscurantismo de uma época. No caso, a boçalidade de Caterina Rosa assume uma configuração bem mais sinistra. Com a ação do tribunal de saúde, que obtém falsas confissões através de tortura, as crendices da multidão ignorante são homologadas, legitimadas, dotadas de arcabouço legal. Desse modo, a irracionalidade de Caterina Rosa contamina o terreno da justiça, destruindo-a.

O tratado em que Alessandro Manzoni reconstrói os eventos milaneses intitula-se História da coluna infame. *Ele escreve: "[Caterina Rosa] havia sido a primeira causa do processo, assim como ainda era seu regulador e modelo [...]. Não é estranho que um tribunal se torne seguidor e acólito de uma ou duas mulherinhas [*donnicciole*], pois quando se penetra na estrada da paixão é natural que os cegos guiem."*

Primeira Parte

Manoel Vitorino

O homem está a caminho do cemitério, com o cadáver do filho nos braços, envolto num lençol. De tanto chorar, as lágrimas acabam por ofuscá-lo, de modo que tropeça numa pedra pontuda e rola desastradamente caatinga abaixo. Chama-se Manoel Vitorino. O nome do filho é irrelevante.

O terreno sobre o qual Manoel Vitorino rola é coberto de mandacarus floridos. Os espinhos dos mandacarus dilaceram suas costas, mas o fato de estarem floridos indica que a longa estiagem deve chegar ao fim. A seca domina a paisagem. No costado da caatinga só restam pedras e bodes selvagens, que carpem brotos de uma lavoura deserta.

Manoel Vitorino encontra-se nos arredores da cidade baiana de Morro das Flores, em cujo cemitério pretende enterrar o filho. Caminha com o cadáver nos braços há mais de trinta e seis horas, escalando colinas pedregosas e contornando canaviais queimados, seguindo o leito rachado de antigos rios e dormindo nos casebres abandonados por retirantes. Agora o cemitério de Morro das Flores torna-se mais distante, à medida que ele rola pelo costado da caatinga abraçado ao cadáver do filho.

Manoel Vitorino tenta interromper a queda agarrando-se a um ramo seco de mandioca, que logo se despedaça em suas mãos. Adiante, ele avista um bode malhado. No instante em que estende o braço para segurar-se a uma de suas patas, é atingido por um coice.

O lençol que vela o cadáver do filho também se engancha nos espinhos dos mandacarus. Através dos rasgos que estes provocam, despontam as órbitas ocas, os carbúnculos negros e violáceos, as virilhas tumefatas, evidenciando a trágica sucessão de doenças contagiosas que em menos de duas semanas acarretaram a sua morte.

Desde o início da viagem rumo ao cemitério, Manoel Vitorino evitara olhar para o cadáver infecto, mas agora que o lençol se esfacela é obrigado a reviver a dolorosa agonia do filho, marcada por delírios febris, cólicas intestinais e o corpo descarnado sempre retorcido dentro da rede. Manoel Vitorino aperta-o soluçante contra o peito.

O sabor de terra calcária invade-lhe a boca; misturado à terra calcária, Manoel Vitorino também engole um ou outro cupim. Ele recorda os cupins que infestam suas terras e as sementes de feijão e milho perdidas nos dois últimos anos, as colheitas inteiramente devastadas pela seca.

Manoel Vitorino bate a cabeça contra uma pedra e perde os sentidos. Quando volta a si, ainda está rolando pela caatinga, com o cadáver do filho espremido em seus braços. Acredita que jamais irá parar de rolar.

Os diversos elementos que o circundam também começam a se precipitar. Uma avalancha de pedras arrasta consigo bodes malhados, lavouras desertas e mandacarus floridos. A estéril paisagem sertaneja desmorona com Manoel Vitorino. Por um instante, ele espera estar se dirigindo para uma sepultura que o acolha com seu filho.

O que de fato acontece. A sepultura apresenta-se sob a forma de uma cratera provocada pela erosão. Depois de rolar por todo o costado da caatinga, Manoel Vitorino cai dentro da cratera, usando o corpo do filho para amortecer a queda.

A cratera tem oito metros de profundidade. Manoel Vitorino grita pedindo ajuda, mas sabe que dificilmente alguém irá passar pelo lugar, distante de todas as veredas da caatinga. Naquele ambiente circunscrito, o cadáver em decomposição exala um odor intenso e desagradável.

Algumas horas mais tarde, Manoel Vitorino mede o vão entre as paredes da cratera. Em certos pontos, ultrapassa os dois metros de largura; em outros, afunila-se até um mínimo de quarenta centímetros. Manoel Vitorino apóia braços de um lado e pernas do outro e começa a escalar a cratera com pequenos passos laterais. Quando atinge a metade do caminho, as paredes esfarelam-se e ele desaba destroncando o ombro esquerdo.

Passam dois dias.

Ocorre-lhe que a melhor maneira de saciar a fome é devorar o que resta da carne do filho, mas depois de umas poucas dentadas à altura do antebraço e da barriga da perna, teme contaminar-se com as doenças que haviam causado sua morte. Dorme ao lado do cadáver, repartindo o mesmo lençol.

A incapacidade de preencher a própria mente gera-lhe grande desconforto. Durante o período de isolamento no interior da cratera, a única maneira que Manoel Vitorino encontra para se distrair é observar o desenho das nuvens ou atirar pedregulhos dentro da boca entreaberta do cadáver do filho.

A abertura é estreita. De vinte em vinte pedregulhos, Manoel Vitorino emboca só um.

Januário Cicco

A fonte é Euclides da Cunha.

De cada quatro novilhos, o vaqueiro tem direito a somente um. Os outros três cabem ao latifundiário para o qual trabalha. O contrato sertanejo que estabelece a iníqua divisão percentual do rebanho entre vaqueiros e latifundiários é definido por Euclides da Cunha como um "velho vício histórico", herdado dos sesmeiros da colônia.

Ao término do inverno, o vaqueiro Cristino Castro dirige-se à feira de Jardim de Piranhas para vender as poucas cabeças de gado que lhe competem. Ali encontra o senador Pompeu, proprietário das terras em que trabalha, participando do comício eleitoral de um parente distante. Como sua última viagem à região ocorrera quatro anos antes, o senador Pompeu decide adiar o retorno à capital por alguns dias a fim de inspecionar o próprio latifúndio em companhia do vaqueiro.

Permanece uma semana. Caça tatus e bate as divisas da propriedade, doma um potro selvagem e banha-se no açude de Cacho do Anta, conserta a cerca do curral e sacrifica um boi com verminose. Desde que se mudara para o litoral, por ocasião de seu primeiro mandato legislativo, o senador Pompeu não se sentia tão animado. O ar do sertão parece regenerá-lo. À noite, toca viola para as filhas de Cristino Castro, que dançam de mãos dadas ao redor da fogueira.

— Quantas filhas?

— Quatro.

— Quatro filhas?

No dia de sua despedida, o senador Pompeu conclui que as rígidas normas distributivas que regem a partilha da boiada devem ser estendidas a todas as esferas de sua relação com o vaqueiro. Da mesma maneira que Cristino Castro é obrigado a entregar-lhe três quartos dos novilhos, três de suas quatro filhas automaticamente também lhe pertencem. Depois de acomodá-las no bagageiro da caminhonete, parte em direção ao litoral.

Ao longo da estrada de retorno, num trecho acidentado e deserto nas cercanias da cidade de Currais Novos, o senador Pompeu perde o controle da direção e bate contra um barranco. As filhas de Cristino Castro são lançadas através do vidro dianteiro, enquanto ele resta desacordado entre as ferragens, com a perna direita levemente ferida.

Quando recobra os sentidos, alguns instantes mais tarde, o senador Pompeu descobre estar estendido no acostamento, com um homem ajoelhado a seu lado. Ele é maneta e tem um olho de vidro, sua barba é ruiva e veste um manto preto.

O homem cobre os ligeiros ferimentos disseminados pela perna do senador Pompeu com uma misteriosa camada de unto amarelado, cujo efeito imediato é atenuar a dor e estancar a hemorragia. O senador Pompeu pergunta-lhe do que se trata, mas ele não responde, virando as costas e afastando-se em seu jerico.

As filhas de Cristino Castro encontram-se a mais de quarenta metros de distância, com os corpos estatelados no asfalto. Antes de prosseguir a viagem rumo ao litoral, o senador Pompeu arrasta-as até a margem da estrada e enterra-as numa vala comum.

Na semana seguinte, o estado de saúde do senador Pompeu começa a deteriorar-se. Brotam-lhe na perna direita doloridos edemas negros e violáceos, justamente nos pontos que haviam sido tratados com o unto amarelado. Como os médicos receiam que a infecção possa propagar-se de um instante para o outro, não hesitam em amputar sua perna, à altura da virilha.

Apesar da amputação, as moléstias do senador Pompeu continuam a agravar-se. A febre elevada, a vesícula inflamada, a hemorragia renal. Quando sente que já não lhe resta muito tempo de vida, ele tenta redimir-se dos abusos que cometera no passado. Distribui pequenos lotes de terra aos empregados mais fiéis e reconhece inúmeros filhos ilegítimos, denuncia desvios financeiros de antigos correligionários e oferece ressarcimentos às viúvas de adversários políticos que mandara matar.

Por fim, recorda-se de Cristino Castro e do contrato que determina a repartição quaternária dos novilhos. A perna direita que os médicos lhe haviam amputado representava um quarto de seus membros. A fim de restaurar o velho equilíbrio percentual, calcula que agora o vaqueiro deverá ceder os remanescentes três quartos.

O senador Pompeu convoca o jagunço Januário Cicco até seu leito de morte e manda-o amputar ambas as pernas e um dos braços de Cristino Castro.

Que seja feita sua última vontade.

Untor

Ao fundo, a cidade de Poções, estado da Bahia. Um dos vértices do Polígono das Secas. Lei 1348, de 10 de março de 1951. Artigo Primeiro "[...] a poligonal que limita a área dos Estados sujeitos aos efeitos da seca terá por vértices [...]". De Poções em diante, descortina-se o deserto.

O território do untor é aqui, circunscrito ao Polígono das Secas. De João Pessoa até as nascentes do Uruçuí-Preto, no Piauí; de Pirapora, em Minas Gerais, até a embocadura do Longá, à margem direita do Parnaíba. O untor conserva-se rigorosamente dentro de seu perímetro.

À medida que o untor avança caatinga adentro, os bruscos solavancos do jerico jogam-no para a frente e para trás. Ele tomba no chão a todo instante, de cabeça ou de costas, sofrendo apenas leves escoriações.

O untor atravessa o sertão montado em seu jerico ruivo. Cavalga dia e noite sem usar freios ou rédeas, sob o comando do animal. Não é necessário indicar-lhe o caminho. Ainda que não receba qualquer orientação de sua parte, o jerico sempre sabe qual é o rumo a seguir.

Para proteger-se dos torvelinhos de poeira que varrem a caatinga, o untor cobre o rosto com um lenço vermelho, atado na nuca. De fora, restam somente os olhos claros, um dos quais de vidro.

A sela da montaria reúne seus poucos acessórios de viagem. Do lado direito, pendem um caldeirão de ferro e vinte metros de corda. Do lado esquerdo, dentro de um alforje, um facão, uma espátula metálica, um cantil e a ração de carne-de-sol.

A mão direita do untor é mutilada. Ao alcance de sua mão esquerda, a tiracolo, encontra-se a bolsa de couro curtido em que ele conserva o unto venéfico. O unto é de coloração amarelada. Como já se observou, no caso do senador Pompeu, tem a propriedade de difundir doenças contagiosas onde quer que seja aplicado.

Conforme a fórmula tradicional, o unto amarelado é feito de esterco humano diluído na barrela e fervido num caldeirão. A seguir, basta adicionar a saliva infectada que escorre da boca dos cadáveres pestilentos.

O untor dissemina seu ungüento pelo sertão, vagando com o jerico de cidade em cidade, de uma ponta a outra do Polígono das Secas. Por onde ele passa, alastram-se os cemitérios, abarcando colinas inteiras.

O efeito da contaminação é retardado. Quando as moléstias começam a se alastrar num lugar, o untor já se encontra em outro, distante dali. Os habitantes das cidades afetadas nunca sabem a quem atribuir o contágio.

Na maioria dos casos, o ódio popular recai diretamente sobre os doentes, que sofrem severas retaliações. Durante o período de quarentena, não é raro que sejam violentados, queimados vivos ou roubados de todos os seus bens.

O objetivo do untor é infectar com o unto amarelado todas as sertanejas chamadas Catarina Rosa. Os casos de homonímia são freqüentes no Nordeste. Em suas andanças pelo Polígono das Secas, o untor nunca tem dificuldades de identificar novas vítimas com esse nome.

O untor também contamina aqueles que encontra em seu caminho entre uma Catarina Rosa e outra. Os contaminados não correspondem a um determinado perfil. Devido ao caráter indiscriminado das epidemias, o untor sabe que é inútil tentar endereçar a ação de seu ungüento, porque este se difunde em cadeia, de pestilento em pestilento, justo ou injusto, valoroso ou não.

Ao sair de Poções, o jerico decide tomar a direção noroeste, trotando ininterruptamente por mais de oito horas. À altura da cidade de Paramirim, o untor enfia a mão na bolsa de couro curtido em que conserva o unto amarelado e distribui o seu conteúdo sobre os cabelos de um jovem seleiro que segue para o estado do Ceará.

Pergunta ao jovem seleiro:

— Conhece alguma Catarina Rosa?

— Quem?

— Conhece alguma mulher chamada Catarina Rosa?

— Uma.

— Onde?

— Morro das Flores.

O jerico ruivo dispara sem receber qualquer orientação do untor, como se conhecesse o caminho.

O destino é Morro das Flores.

Piquet Carneiro

A literatura de cordel abunda em histórias semelhantes à de Piquet Carneiro, o herói negativo cuja maldade é castigada através de uma terrível metamorfose. O homem que virou cavalo. O homem que virou cachorro. O homem que bateu na mãe e virou uma cobra.

A regra é que o diabolismo do herói negativo se manifeste desde o nascimento, uma crueldade inata, encarnação sertaneja do anticristo. No caso em questão, conta-se que antes dos cinco anos de idade Piquet Carneiro já havia enforcado o irmão caçula numa mangueira. Não interessa se a história é verdadeira ou não, basta que se atenha rigorosamente às convenções da narrativa popular.

Agora é necessário que Piquet Carneiro comece a violentar a própria irmã. A intenção é reafirmar o caráter moral e religioso de sua trajetória, dos imundos sacrilégios contra as leis da Igreja ao merecido castigo divino que cedo ou tarde irá abater-se sobre ele, transformando-o em animal.

De todos os sacrilégios, o mais freqüente na literatura de cordel é o incesto. Não há herói negativo que não o cometa. Por esse motivo, Piquet Carneiro acaba de atordoar a irmã com um soco na cabeça, arrastando-a até o jardim e violentando-a reiteradamente diante do resto da família, reunida em torno da fogueira para a festa de São João.

A seguir, Piquet Carneiro avança em direção à mãe, com o claro propósito de violentá-la. Alguns de seus familiares tentam obstruir-lhe o caminho, porém ele os degola com uma foice, assim como aos soldados chamados a intervir. Ninguém consegue conter Piquet Carneiro. Depois de abusar da irmã, agora também abusa de sua mãe.

O atual acúmulo de mortes e incestos solicitaria uma imediata intervenção divina, mas antes de sofrer a definitiva metamorfose, o endemoniado Piquet Carneiro ainda poderá praticar uma série de agravos, infligindo sua fúria através do sertão do Ceará.

No casamento da irmã
entrou na igreja de repente
foi matando todo mundo
até não sobrar mais parente
quando não era de foice
picava mesmo com o dente

Ainda que histórias como a de Piquet Carneiro contenham todos os elementos da tradição sertaneja, do flagelo das secas à matança indiscriminada de inocentes, do encontro com o diabo à violação das mais elementares normas gramaticais, não há nada que lhes confira real originalidade.

Como demonstram numerosos estudos etnográficos, o cordel não é fruto da imaginação dos versejadores nordestinos. Deriva diretamente dos romances de cavalaria medievais. O folclore local baseia-se numa moral rasteira e numa fantasia roubada. Assim é Piquet Carneiro. Assim são todos os outros.

A descrição das façanhas de Piquet Carneiro prossegue com suas verbosas estrofes de rimas ímpares — ABCBDB. Neste preciso momento, conforme o relato de um romanceiro popular, Piquet Carneiro está degolando um homem na cidade de Jaguaruana, na fronteira com o Rio Grande do Norte.

Depois de uma série de notícias sobre o morto (trata-se do jovem seleiro da história anterior, que se sacrifica para defender a honra da mulher, seqüestrada e violada por Piquet Carneiro), o romanceiro finalmente irá rimar a palavra "degolado" com o "unto amarelado" que cobre os seus cabelos. *Ado/Ado.* O resto é de todo supérfluo.

Na literatura de cordel, as forças do bem conseguem punir o ser diabólico transformando-o em animal. Aqui a metamorfose não é obra divina, mas do untor. Não que Piquet Carneiro vire um animal propriamente dito. Ao degolar o seleiro de Jaguaruana, ele entra em contato com o unto impregnado em seus cabelos. A partir daquele momento, seu tronco e seus membros começam a inchar como os de um boi, e as costas recurvadas obrigam-no a caminhar de quatro, com os pés mumificados, duros e secos como cascos. A língua engrossa. O corpo cobre-se de pêlos pretos.

Depois da transformação, o herói negativo vaga solitário em sua nova forma, mortificando todos aqueles que encontra ao longo do caminho, sofrendo sua penitência até uma futura, inevitável redenção.

O mesmo irá acontecer a Piquet Carneiro, que agora galopa em direção ao sul.

A vitória do bem sobre o mal. O mito da maldade castigada.

Demerval Lobão

Nos longos períodos de estiagem, a flora silvestre da caatinga constitui o único recurso alimentar dos sertanejos miseráveis. É o caso de Demerval Lobão. Sua família não teria resistido à fome se não fossem as chamadas "comidas brabas" — umbus, maniçobas, macambiras, catolés e sementes de mucunã.

Neste instante, Demerval Lobão está batendo os tabuleiros desérticos em busca de alimentos. Antes da seca, uma grande quantidade de cactáceas e arbustos comestíveis crescia em torno de seu casebre, mas desde que se tornaram a principal fonte de nutrição de sua família, começaram a escassear. Agora ele é obrigado a caminhar cada dia até mais longe, com sua cadela malhada, sob o sol ardente.

Demerval Lobão mora nas imediações da cidade de Bodocó, no interior de Pernambuco. À medida que avança caatinga adentro, desmaiando de fome e de sede de meia em meia hora, encontra somente roças queimadas e carcaças de animais sendo devoradas por tatus e carcarás.

É o terceiro ano de seca, uma das mais rigorosas do século. A maioria dos lavradores da região preferiu migrar rumo ao litoral, a cíclica saga de retirantes famintos que fogem do Nordeste flagelado, matéria de quase toda a literatura sertaneja. Os únicos a não partir são os que foram enterrados no mato, mortos de inanição ou disenteria.

O maior temor de Demerval Lobão é que a fome também acabe matando seus nove filhos, que choram o dia todo, com tremedeiras e cólicas intestinais, a barriga inchada e a boca sangrenta.

De fato, neste preciso momento, enquanto ele esquadrinha o terreno arenoso a diversas léguas de casa à procura de algo para comer, um de seus filhos estrebucha e morre. Sobram-lhe oito.

Alguns minutos mais tarde, a cadela malhada de Demerval Lobão fareja o ar, balança o rabo e indica-lhe uma macambira. De acordo com Euclides da Cunha, "um pé de macambira é para o matuto sequioso um copo d'água cristalina e pura". No que se refere à família de Demerval Lobão, aquela planta selvagem representa também a refeição do dia.

A fabricação da farinha de macambira não requer grande esforço. Depois de destacar as folhas longas e espinhentas com a ponta de uma foice, Demerval Lobão desenterra o seu bulbo, onde toda a umidade se concentra. O bulbo de macambira deve ser fervido em sua própria água e seco ao sol. A seguir, basta triturá-lo no pilão e transformá-lo em farinha, com a qual se prepara um nutritivo angu.

Análise bromatológica da farinha de macambira: umidade, 9,50%; amido, 63,10%; açúcares, 4,36%; proteínas, 5,14%; minerais, 4,27%; fibras, 13,63%.

O pé de macambira que Demerval Lobão acaba de colher é diferente de todos os outros, porque secreta uma misteriosa camada de unto amarelado. A terra ao seu redor parece ter sido revolvida, como se alguém, por algum motivo, o tivesse desenterrado com o único propósito de besuntá-lo, enterrando-o novamente logo em seguida.

Demerval Lobão ainda não sabe, mas trata-se de obra do untor, que passara por Bodocó algumas semanas antes, difundindo o ungüento mortífero sobre as últimas reservas alimentares dos sertanejos.

Ao ingerir a farinha da macambira infectada, um dos filhos de Demerval Lobão morre vomitando sangue, com ínguas nas virilhas e a pele coberta de carbúnculos pustulentos. Dos oito filhos, agora só lhe restam sete.

Na semana seguinte, quando já não encontra macambiras, Demerval Lobão recorre a um pé de mucunã. As vagens de mucunã contêm cerca de cinco sementes vermelhas e graúdas, usadas na fabricação de uma farinha de sabor amargo, altamente indigesta.

Assim como no caso da macambira, as vagens de mucunã estão repletas de unto amarelado. Demerval Lobão perde a cadela e mais um filho — sobram-lhe seis.

Antes que sua família inteira morra de fome ou doenças, Demerval Lobão decide abandonar o sertão.

Parte com a mulher e os seis filhos remanescentes para o sul do estado.

Demerval Lobão torna-se um retirante.

Untor II

O untor começa a intrigar-se com seu jerico.

À altura de Andaraí, a estrada de terra bifurca. Do lado esquerdo, uma longa vertente até Lençóis e Palmeiras. Do lado direito, Morro das Flores, a cidade em que mora uma mulher chamada Catarina Rosa. O jerico não vacila nem mesmo por um instante. Dirige-se à direita, trotando alegremente, derrubando o untor da sela de tanto em tanto.

Algo de sobrenatural em sua conduta.

O untor o havia comprado no início de suas andanças, o único jerico ruivo do estábulo, o menor de todos, o mais manso, o mais lento. Desde cedo, ele demonstrara a misteriosa capacidade de orientar-se autonomamente, sem que fosse necessário dotá-lo de freios ou rédeas. Até então, o untor jamais questionara o seu comportamento — só agora, nas cercanias de Morro das Flores, começa a intrigar-se com o fato de o jerico sempre saber de antemão qual é o rumo a seguir.

Antes de tudo, o untor analisa o itinerário que o jerico havia adotado nas últimas semanas, de cidade em cidade, tentando identificar eventuais critérios em seus movimentos, no interior do Polígono das Secas:

Bodocó — Orocó — Chorrochó
Olho d'Água — Olho d'Água Grande — Olho d'Água do Pingo
Curral de Pedras — Curral Novo — Currais Novos
Palmeira — Palmeira dos Índios — Palmeira do Piauí
Lagoa do Neco — Lagoa Grande — Lagoa Pocinhos — Poço de Fora — Poço Redondo
Couro d'Anta — Antas — Pessoa Anta
Bom Jardim — Belo Jardim — Jardim de Piranhas
Água Fria — Água Branca — Águas Belas
Queimada Nova — Queimadas — Curral Queimado

O untor nota uma ordem precisa em seus deslocamentos, ditada não se sabe por quem. Forças do além?

A fim de verificar até que ponto vai a autonomia do jerico, o untor tenta desviá-lo de seu caminho, indicando-lhe falsos atalhos, movendo-lhe o focinho para um lado e para o outro. O animal não obedece. Prossegue inabalável a sua marcha em direção a Morro das Flores.

O untor decide tapar-lhe os olhos com seu lenço vermelho, mas o jerico continua a cavalgar como antes, como se ainda distinguisse nitidamente a acidentada estrada de terra diante de si. Apesar de vendado, evita uma cobra venenosa à beira do acostamento, escala sem hesitações os degraus barrentos de uma ribanceira escorregadia, esquiva-se de arbustos cortantes no meio da caatinga.

Numerosas histórias sertanejas baseiam-se na crendice segundo a qual quanto mais selvagem e primitivo é um ser, maiores são os poderes ocultos de que ele pode dispor. O untor rejeita tais mistificações. Considera-se vítima de todas as formas de crendice. Por esse motivo, desmonta do jerico mágico e abandona-o à margem da estrada, partindo com a pesada sela de couro nas costas.

Algumas léguas adiante, percebe que está sendo seguido pelo animal. Quando vira à direita, o jerico também vira. Quando senta para descansar, o jerico aguarda, regurgitando uma folha de palma. O untor dá-lhe fortes pauladas no lombo. Inicialmente, o jerico foge assustado, mas retorna logo em seguida, permanecendo em seu encalço.

O untor conclui que a única solução é matá-lo. Agarrado a um tronco seco de gameleira, a mais de dois metros de altura, acerta uma pedra angulosa no meio da testa do jerico, que tomba no chão com as patas voltadas para cima, relinchando e estrebuchando, a densa saliva escorrendo pelos cantos da boca. De um instante para o outro, no entanto, o animal sacode a cabeça e ergue-se como se nada tivesse acontecido.

Depois de raciocinar por alguns minutos, o untor enfia a mão na bolsa de couro curtido e besunta o focinho do jerico com unto amarelado. Assim como o unto provoca a morte dos sertanejos, nada impede que algo semelhante se verifique com o jerico.

De fato, logo começam a aflorar em sua pele os primeiros sinais de contágio, sob a forma de grandes edemas negros e violáceos. O untor também mistura ungüento à sua ração. O jerico começa a sentir-se mal. Caem-lhe os dentes. Caem-lhe os pêlos. A barriga incha até raspar no chão, vergando-lhe a coluna. As patas traseiras gangrenam-se.

No dia seguinte, o jerico deita-se com as patas recolhidas no interior de uma vala e cobre-se de terra. Antes de morrer, ergue a cabeça por um breve instante — com os olhos semicerrados e ramelentos, observa o untor afastar-se com a sela nas costas, em direção a Morro das Flores.

É a cidade de Catarina Rosa.

Catarina Rosa

O cangaceiro Elesbão Veloso e seus oitenta cabras. Acabam de saquear a cidade de América Dourada. Agora estão assediando Morro das Flores. O assédio consiste em bloquear estradas de acesso, cortar os fios de telefone e eletricidade, abater o gado dos criadores da região.

Os habitantes de Morro das Flores decidem reunir-se numa assembléia. Os mais temerosos aconselham a tratar com o chefe dos cangaceiros, entregando-lhe as reservas da cidade em troca de uma ocupação pacífica.

Contrário a essa alternativa é o comandante do quartel, o jovem capitão Enéas, que não aceita render-se sem lutar. Ele sugere que todos os objetos de valor sejam escondidos numa mina abandonada, enquanto arma com seus poucos soldados uma emboscada contra os cangaceiros. A juventude e a coragem do capitão Enéas entusiasmam os moradores de Morro das Flores, que colocam as próprias vidas em suas mãos.

A primeira medida do capitão Enéas é incendiar todas as terras do flanco oriental da cidade. Centenas de lavradores perdem suas propriedades, mas trata-se do único modo de impedir que Elesbão Veloso avance por aquele lado.

A seguir, os soldados começam a escavar trincheiras num boqueirão de barro batido. Assim que as trincheiras estivessem prontas, atrairiam os cangaceiros até o boqueirão, onde desfechariam o ataque final.

O capitão Enéas é casado com uma jovem chamada Catarina Rosa. Ao tomar conhecimento da emboscada que o marido prepara contra os cangaceiros, Catarina Rosa ergue-se silenciosamente no meio da noite, corta os longos cabelos trançados com uma navalha e veste um uniforme militar do marido, amassando os seios com um corpete a fim de parecer ainda mais masculina.

Com um velho rifle a tiracolo, ela monta num jerico e cavalga sorrateira até o acampamento dos cangaceiros, apresentando-se a Elesbão Veloso como um soldado desertor ansioso para unir-se a seu bando. Catarina Rosa descreve a emboscada armada pelo capitão Enéas e revela ao cangaceiro o local em que o tesouro dos habitantes de Morro das Flores fora escondido.

O bando de Elesbão Veloso invade a cidade antes do amanhecer, colhendo no sono as tropas do capitão Enéas. Catarina Rosa participa da batalha no quartel. Um destacamento de cangaceiros entra pelo portão da frente. À medida que os soldados desarmados tentam fugir pelos fundos, são baleados um a um.

Do lado dos soldados, vinte e um mortos. Entre os cangaceiros, somente um ferido. Catarina Rosa combate com grande coragem. Ao término da batalha, é acolhida no bando de Elesbão Veloso com o apelido de Uauá, ou vaga-lume, devido aos clarões intermitentes de seu rifle.

Os cangaceiros comemoram a vitória com uma grande festa, durante a qual infligem sua barbárie aos moradores da cidade. Ateiam fogo a inúmeros carros, torturam comerciantes, violentam suas mulheres e filhas.

No fim da festa, alguns cangaceiros capturam o capitão Enéas no sótão da igreja. Elesbão Veloso manda enforcá-lo. A própria Catarina Rosa encarrega-se de cumprir a pena. Por um breve instante, o capitão Enéas parece entrever as feições da adorada mulher no rosto de seu carrasco, mas ela não se comove, enlaçando a corda em torno de seu pescoço.

Depois de enforcá-lo, Catarina Rosa esquarteja-o, um membro em cada canto da praça. Não satisfeita, finca a cabeça do marido à entrada da cidade, um advertimento a todos aqueles que ousassem desafiar Elesbão Veloso. Catarina Rosa sente que já não lhe resta nada de sua antiga encarnação feminina; transformara-se definitivamente no cangaceiro Uauá.

Desde criança, ao ouvir as primeiras histórias de banditismo, Catarina Rosa sonhara em integrar um bando de cangaceiros. Ao lado de Elesbão Veloso, finalmente poderia perambular através do sertão cometendo atrocidades. Um dia, saquearia uma cidade na Paraíba. Outro dia, mataria um latifundiário no Ceará.

O fato é que o tesouro que os cangaceiros recolhem na mina abandonada está coberto por uma grossa camada de unto amarelado. Elesbão Veloso não sabe do que se trata, mas algumas horas mais tarde seus cabras começam a cair mortos no chão, com sinais de contaminação disseminados pelo corpo.

Quando morre Elesbão Veloso, o pouco que resta de seu bando dispersa-se, inclusive a desconsolada Catarina Rosa, que retorna para Morro das Flores.

A carreira do cangaceiro Uauá conclui-se em menos de uma semana. Catarina Rosa é de novo Catarina Rosa. Não por muito tempo, porém. Neste preciso instante, um bubão começa a brotar-lhe sob o braço direito.

Uma Catarina Rosa a menos.

SEGUNDA PARTE

Manoel Vitorino II

Em Morro das Flores, o untor consome as últimas doses do unto amarelado.

Agora é obrigado a bater a acidentada caatinga nas cercanias da cidade em busca de saliva contaminada com a qual fabricar um novo fornecimento de veneno.

Depois de caminhar com a sela nas costas por diversas horas, dirige-se até a boca de uma cratera profunda e escura, atraído pelas insistentes invocações que vêm de seu interior. Trata-se de Manoel Vitorino, enterrado na cratera desde a semana precedente.

O untor amarra uma corda em torno da cintura e começa a desenrolá-la para dentro da cratera. Ao sentir um ligeiro toque, escora os pés contra uma pedra e recolhe a corda pouco a pouco, elevando Manoel Vitorino até a superfície. Ele está com o cadáver do filho nos braços.

Debilitado por tantos dias de inanição, Manoel Vitorino cai de bruços no chão. O untor oferece-lhe um cantil e uma fatia de carne-de-sol. A seguir, ajoelha-se junto ao cadáver putrefato e analisa com atenção os sintomas das doenças que lhe haviam acarretado a morte, cutucando com a ponta de uma vareta os carbúnculos disseminados por sua pele.

Pergunta:

— Peste?

Manoel Vitorino descreve a dolorosa agonia do filho, dos primeiros ataques febris a seus últimos instantes de vida, quando defecara os intestinos liquefeitos.

O untor assegura-se das propriedades venéficas de sua saliva.

Pergunta, referindo-se ao cadáver:

— Quer vender?

— Não.

— Não quer vender?

Apesar do tórrido calor sertanejo, o untor conserva o manto preto abotoado até a gola; só o alça por um instante, para retirar o grosso maço de dinheiro que agora deposita sobre a barriga do cadáver.

Aos soluços, Manoel Vitorino reluta em aceitar a oferta, mas depois de contar e recontar o dinheiro, seca as lágrimas na manga da camisa, descalça uma das botas e esconde a quantia lá dentro.

O untor revira os bolsos da sela à procura de uma espátula metálica para recolher a saliva infectada. Manoel Vitorino nota que a mão direita do untor é mutilada. Por um breve instante, reflete sobre a possibilidade de roubar-lhe todo o dinheiro e fugir em disparada, mas ainda se sente fraco demais para tais investidas.

A grande quantidade de pedregulhos que Manoel Vitorino atirara dentro da boca do filho, durante o período de confinamento na cratera, havia obstruído o acesso. O untor espreme as mandíbulas do cadáver na tentativa de abrir um vão maior. Não consegue. A boca mantém-se perfeitamente hermética.

O untor procura então forçar a espátula metálica através das gengivas inchadas, mas ela quebra-se ao meio. Ele retira um facão do coldre de sua sela. Depois de fincá-lo verticalmente na boca do cadáver, empurra o cabo até ouvir um forte estalo de ossos fraturados.

A boca do cadáver fica escancarada. Agora o untor pode raspar a saliva aderente e escamosa incrustada em sua língua, misturando-a sucessivamente aos demais ingredientes do unto amarelado, que já se encontram dentro do caldeirão.

Avisa:

— Pode enterrar, se quiser.

— Posso enterrar?

— Pode.

O untor acende uma fogueira para ferver a letal combinação de saliva contaminada, barrela e esterco humano.

Enquanto isso, Manoel Vitorino sutura a boca do filho com um graveto pontiagudo, preparando-se para retomar a viagem até o cemitério de Morro das Flores.

Antes de se separarem, o untor pergunta:

— Conhece alguma Catarina Rosa?

— Quem?

— Conhece alguma mulher chamada Catarina Rosa?

— O nome da minha madrinha é Catarina Rosa.

— Onde?

— Olho d'Água das Flores.

O untor despede-se de Manoel Vitorino e parte com a sela nas costas.

O destino é a cidade de Olho d'Água das Flores, no estado de Alagoas.

Januário Cicco II

A mando do senador Pompeu, o jagunço Januário Cicco deve amputar ambas as pernas e um dos braços do vaqueiro Cristino Castro.

Cristino Castro foge amedrontado através dos espinhaços da serra das Melancias. Durante o dia, esconde-se em minas de mica e xelita; locomove-se somente ao calar do sol, montado num velho jerico manco.

A velocidade de Januário Cicco é bem maior, com sua motocicleta fumosa e a certeira carabina a tiracolo. Permanece dias e dias sem comer ou dormir, desviando das veredas pedregosas apenas o necessário para reabastecer o tanque de gasolina.

O jagunço Januário Cicco é temido em toda a região, em virtude da brutalidade com que costuma desembaraçar-se de suas vítimas. A tradição sertaneja atribui-lhe mais de quarenta assassinatos a sangue-frio, a serviço dos maiores latifundiários do Seridó. Por esse motivo, ninguém hesita em denunciar-lhe os movimentos de Cristino Castro, nem mesmo seus familiares.

No presente momento, acabam de informá-lo que Cristino Castro está seguindo o leito seco do rio Piranhas. Januário Cicco acelera a motocicleta e aguarda-o no alto de um barranco, nos arredores da cidade de Patos.

Naquela noite sem estrelas, numa estreita curva do rio, o jagunço finalmente identifica o vulto de Cristino Castro, que avança receoso entre a rala vegetação ribeirinha. Ainda que a escuridão dificulte sua mira, Januário Cicco consegue acertar um tiro de carabina na anca do jerico manco, que tomba lançando o vaqueiro no chão.

Januário Cicco coloca Cristino Castro no selim da motocicleta e prossegue até um trecho deserto da estrada de ferro algumas léguas mais ao sul.

Depois de amarrar Cristino Castro de bruços sobre um dormente, com as pernas estendidas de um lado dos trilhos e o braço esquerdo do outro, Januário Cicco acende uma fogueira e fuma calado enquanto espera a passagem do trem que deverá amputar-lhe os membros.

O trem não passa naquela noite, nem no dia sucessivo. Januário Cicco começa a impacientar-se. A certa altura, pede informações a um retirante que caminha ao longo dos trilhos rumo ao litoral. De acordo com o retirante, o serviço ferroviário fora cancelado em função da seca. Com as lavouras queimadas e os rebanhos minguados, já não havia carga a ser transportada.

Em sua carreira de jagunço, Januário Cicco jamais desistira de uma missão. Ele sabe que cedo ou tarde os trens voltarão a circular. Por isso, resolve aguardar o fim da estiagem sem se mover dali. Embora permaneça dia e noite amarrado sobre os trilhos, Cristino Castro alegra-se com a notícia, na esperança de que a seca perdure e adie a sentença que determina o seu desmembramento.

Passam alguns meses.

Januário Cicco e Cristino Castro continuam imóveis em seus lugares. Januário Cicco, agachado junto à fogueira. Cristino Castro, amarrado de bruços sobre o dormente. À medida que a espera se prolonga, a relação entre ambos vai se estreitando. O jagunço conta a história de seus crimes. O vaqueiro escuta-o com atenção.

Passam mais alguns meses.

O inverno daquele ano é marcado por uma série de fortes temporais. Os rios transbordam, as manadas tornam-se mais fartas, os retirantes retornam para as terras abandonadas durante a seca.

Cristino Castro teme que a qualquer momento os trens retomem a atividade. Januário Cicco compartilha desse temor, devido ao grande afeto que passara a uni-los.

No final de maio, uma locomotiva desponta no horizonte. Aqui entram em conflito dois importantes elementos da tradição sertaneja.

a) A força regeneradora dos sentimentos fraternos.

b) O mito do jagunço obstinado que jamais desiste de uma missão.

No caso de Januário Cicco, prevalece o segundo elemento. Cristino Castro grita-lhe desesperados apelos, mas ele não volta atrás. Com lágrimas nos olhos, assiste à amputação dos membros do vaqueiro.

Antes de partir com a motocicleta, porém, Januário Cicco promete a Cristino Castro que o responsável por seu sofrimento não ficará impune. Daquele momento em diante, sua única missão será vingar-se do untor que infectara a perna do senador Pompeu.

Começa a caça ao untor.

Untor III

De uma Catarina Rosa a outra.

A primeira Catarina Rosa é de Morro das Flores. A segunda, de Olho d'Água das Flores. Cem léguas de estradas desertas separam as duas cidades.

O untor caminha cerca de sete léguas por dia, com a sela de couro nas costas, disseminando o unto amarelado entre os sertanejos que encontra.

A seguir, um resumo de seu itinerário venéfico conforme o testemunho dos habitantes da região.

Não foram incluídas todas as escalas da travessia, somente as mais significativas, na tentativa de esclarecer algumas de suas motivações:

Morro das Flores — Mundo Novo

O untor está em Mundo Novo.

Em frente ao posto de saúde, observa uma fila de mulheres com crianças de colo. Cada criança recebe uma gota de vacina contra a poliomielite.

O untor injeta unto amarelado nos frascos de vacina.

Aumentam em cento e trinta por cento os casos de mortalidade infantil na região.

Mundo Novo — Piritiba

O untor banha-se no açude de Piritiba.

À semelhança dos antigos untores milaneses, que haviam sido marcados com ferro fervente em praça pública, o seu corpo nu é recoberto de queimaduras.

O untor contamina o açude de Piritiba.

Depois de seu banho, adoecem todos os lavradores que usam aquelas águas.

Piritiba — Jacobina

O untor chega a Jacobina no dia das eleições.

Numerosos são os políticos sertanejos que compram votos da população miserável.

É o caso do prefeito Dirceu Arcoverde. Neste momento, ele está distribuindo dinheiro entre seus eleitores.

O untor aplica unto amarelado sobre o dinheiro.

Na semana seguinte, Dirceu Arcoverde contrai doenças infecciosas e morre. Alguns de seus eleitores também morrem.

Jacobina — Mirangaba

Antes de serem submetidos à tortura, os antigos untores milaneses foram purgados, para o caso de esconderem amuletos diabólicos dentro dos intestinos.

O untor sofre de disenteria.

À entrada de Mirangaba, interrompe a viagem a todo instante para defecar no mato.

Seus excrementos entram em contato com os sertanejos e acarretam doenças contagiosas. Difícil calcular o número de mortos que eles provocam.

Mirangaba — Pindobaçu

Na praça central de Pindobaçu, um grupo de sanfoneiros anima uma quadrilha. Damas e cavalheiros dançam de mãos dadas, trocando de par.

O untor entra na quadrilha com a mão esquerda besuntada. De mão em mão, contamina todos os participantes da festa.

No período sucessivo à quadrilha, verifica-se um incremento de vinte por cento no número de óbitos em Pindobaçu.

Pindobaçu — Monte Santo

O untor visita uma feira de artesanato em Monte Santo.

A maior atração da feira é o mestre Marcelino Vieira. O untor besunta suas esculturas em argila — figuras de santos, violeiros, bois, retirantes, coronéis, vaqueiros, jagunços.

Mestre Marcelino Vieira morre contaminado, assim como a maioria de seus clientes.

Monte Santo — Canudos

Canudos é a terra de Antônio Conselheiro.

Em setembro de 1897, depois de quatro tentativas falidas, as forças militares finalmente conseguiram atingir a aldeia de Canudos, debelando a rebelião de Antônio Conselheiro.

O caminho através do qual as forças militares perfuraram o bloqueio dos fanáticos é conhecido como estrada do Calumbi.

Neste instante, o untor está disseminando unto amarelado ao longo da estrada do Calumbi.

Piquet Carneiro II

A metamorfose de Piquet Carneiro.

É transformado em boi. A partir de então, começa a ser vendido em todas as feiras de gado do Ceará. O seu caminho é marcado por tantos sofrimentos que ele se reconcilia com a fé. Ao ser chicoteado ou marcado a ferro, arrepende-se dos atos diabólicos que cometera no passado e roga o perdão divino.

Seu atual proprietário chama-se coronel Ezequiel. Possui um latifúndio com mais de quatro mil cabeças de gado. Piquet Carneiro e o resto do rebanho vivem em liberdade o ano inteiro, vagando pela caatinga em busca de pastos virgens até a vaquejada nos primeiros dias de junho.

O coronel Ezequiel descobre que uma família de retirantes miseráveis acaba de instalar-se em suas terras. A fim de dar-lhes uma lição, reúne seus melhores homens, incendeia o casebre dos invasores e enforca-os numa jaqueira. A única a ser agraciada é a filha mais velha do retirante, que o coronel Ezequiel decide conservar para si.

A filha do retirante logo se habitua à casa do justiceiro de sua família. Passa o dia de cócoras na varanda, oscilando para a frente e para trás. Por ignorar as mais elementares normas de higiene, não pode ser aproveitada no trabalho doméstico, porém entrelaça com habilidade grandes cestos de vime. À noite, costuma receber a visita do coronel Ezequiel e de seus sete filhos. Quando por acaso engravida, recorre a eficientes curetagens com galhos secos.

Na última semana de verão, num tórrido fim de tarde, a filha do retirante adormece à beira do açude na hora em que o rebanho se reúne para beber água. Em meio ao rebanho, encontra-se Piquet Carneiro. Ao deparar-se com aquela inocente figura dormindo no chão, indefesa diante dos infortúnios da vida, Piquet Carneiro é tomado por um grande amor. Deita-se sobre ela, aproveitando-se de seu sono, sussurrando-lhe palavras doces enquanto abusa de seu corpo inerte.

A filha do retirante pergunta:

— Um boi que fala?

Piquet Carneiro conta-lhe a história de sua metamorfose, infligida por Deus Todo-Misericordioso através da ação de um unto amarelado. Daquele momento em diante, sua vida transformara-se num tormento contínuo, em que nada parecia ter sentido, a não ser a dor e a solidão. Agora ele finalmente compreendia que o verdadeiro destino do homem é amar.

Piquet Carneiro ama a filha do retirante. A filha do retirante também ama Piquet Carneiro, embora se trate de um boi. Eles sabem que o coronel Ezequiel jamais permitiria sua união. Decidem fugir juntos, liberando-se de suas respectivas prisões. A filha do retirante monta na lombada de Piquet Carneiro, que parte a galope rumo à fronteira do estado.

Ao ser informado dos eventos, o coronel Ezequiel manda seus jagunços capturarem os fugitivos. Não muito distante de Jaguaribara, Piquet Carneiro é avistado com a filha do retirante no dorso. Corre apavorado, mas não consegue livrar-se dos jagunços, que se divertem num rodeio improvisado, cronometrando o tempo que cada um emprega para enlaçá-lo ou derribá-lo pela cauda. Quando Piquet Carneiro já não encontra forças para reagir, colocam-lhe a peia e retornam à casa-grande, restituindo a filha do retirante ao coronel Ezequiel.

Piquet Carneiro é condenado ao matadouro. No instante em que está para ser abatido, arrebenta argolas e correntes que lhe prendem as patas e dispara em direção ao cativeiro de sua amada. Ao longo do caminho, enfrenta os jagunços do coronel Ezequiel. É ferido, mas ao término do combate, com o cangote ensangüentado, consegue destroçar mais de oitenta inimigos.

Não há nada que possa conter a força do amor.

O amor sempre triunfa
é a primeira lei divina
com seu chifre afiado
o boi fez uma chacina
matou oitenta inimigos
armados de carabina

Depois de matar todos os jagunços, Piquet Carneiro irrompe na casa-grande. A coices, derruba a porta do quarto do coronel Ezequiel e dilacera-o com os chifres, retalhando-o em mais de vinte pedaços.

A seguir, derruba a porta do quarto em que a filha do retirante fora confinada. Ela está deitada na cama, com grandes bubões nas virilhas e o corpo repleto de edemas negros e violáceos, fruto das doenças que o ignaro Piquet Carneiro lhe transmitira através da ação do unto amarelado.

A filha do retirante estende as mãos tremulantes em direção a Piquet Carneiro. Num ligeiro suspiro, morre.

O amor não triunfa.

Demerval Lobão II

Demerval Lobão, mulher e seis filhos caminham em direção a Orocó, no sul de Pernambuco.

A tiracolo, dentro de um saco de juta, Demerval Lobão leva os instrumentos de lavoura, enquanto a mulher equilibra na cabeça um fardo com o resto de seus pertences.

À medida que caminham, os familiares de Demerval Lobão desmaiam de fome e de sede. Na semana anterior, haviam consumido as últimas colheradas de caldo ralo de feijão. Desde então, na única refeição diária, nutrem-se de jornais amassados com água morna e sal grosso.

Os efeitos da fome evidenciam-se de maneira dramática sobre os seis filhos de Demerval Lobão. Num deles, a falta de vitaminas causara uma cegueira irreversível, obrigando o irmão mais velho a carregá-lo no colo. As outras cinco crianças não param de vomitar sangue.

De todos os elementos etnográficos sertanejos, o mais difuso é aquele que estabelece uma relação direta entre desnutrição infantil e retardamento mental.

Analisando os filhos de Demerval Lobão, constata-se que os seis são retardados, em maior ou menor grau.

Demerval Lobão, mulher e seis filhos acabam de chegar a Orocó. Naquela manhã, o governo federal iniciara a distribuição de sacos de alimentos à multidão flagelada pela seca. Famílias inteiras de miseráveis, provenientes de todos os vilarejos circundantes, estão enfileiradas diante do depósito do governo, em busca de algo para comer.

A fila de flagelados começara a formar-se na noite anterior. A esta altura, são mais de mil os sertanejos famintos que aguardam os sacos de alimentos. Demerval Lobão e sua família são obrigados a entrar no fim da fila, a dois quarteirões do depósito.

Ao meio-dia, a temperatura em Orocó atinge cinqüenta graus. Os flagelados começam a perder as forças. A mulher de Demerval Lobão desmaia. Alguns metros adiante, um sertanejo cai no solo, tomado por convulsões.

Demerval Lobão ensaia os primeiros protestos. Os protestos não são rumorosos, mas logo repercutem por toda a fila de flagelados, que reclamam da lentidão dos funcionários federais na distribuição dos sacos de alimentos.

Antes que o tumulto assuma maiores proporções, os soldados que vigiam o depósito do governo disparam alguns tiros para o alto. Os tiros parecem insuflar ainda mais os revoltosos. A fila termina por fragmentar-se, com a multidão de sertanejos aglomerada diante do portão do depósito.

Demerval Lobão toma coragem e arremessa uma pedra contra os soldados. A pedra atinge o olho de um deles.

Os outros soldados o circundam e racham-lhe a cabeça a coronhadas.

A agressão contra Demerval Lobão tem o efeito de recrudescer a revolta. Os flagelados empunham seus instrumentos de lavoura e começam a linchar os soldados. Depois de linchá-los, incendeiam os cadáveres.

Diante da fúria da multidão de miseráveis, os outros soldados fogem acovardados. Os sertanejos aproveitam para arrebentar as grades do depósito e saquear todos os mantimentos estocados em seu interior.

Durante o saque, os flagelados roubam cerca de cem toneladas de comida. Velhas raquíticas carregam sacos de cinqüenta quilos de feijão na cabeça. Crianças retardadas arrastam sacos de trinta quilos de farinha de milho.

Demerval Lobão não tem a mesma sorte. Sua mulher morre pisoteada na correria. Além disso, os únicos mantimentos que ele consegue saquear estão cobertos por uma grossa camada de unto amarelado.

O untor passara por Orocó na semana precedente, disseminando unto amarelado sobre os sacos de alimentos do depósito do governo.

As epidemias difundem-se rapidamente por toda a população de flagelados, mas o maior número de óbitos parece concentrar-se entre as crianças retardadas.

Dos seis filhos que restaram a Demerval Lobão, três morrem na semana seguinte, com bubões nas virilhas e carbúnculos pustulentos espalhados pelo corpo.

Demerval Lobão atravessa a fronteira da Bahia.

Untor IV

O untor está pendurado numa árvore.

De tanto em tanto ele interrompe a marcha pelo Polígono das Secas e pendura-se de ponta-cabeça por uma corda amarrada nos tornozelos. Permanece seis horas nessa posição. Depois desata o nó e prossegue tranqüilamente o seu caminho.

O rito tem a função de recordar a sentença do tribunal de saúde contra os antigos untores milaneses. Antes de serem degolados em praça pública, eles foram marcados com ferro fervente, tiveram suas mãos direitas amputadas e ficaram pendurados durante seis horas por uma corda nos tornozelos.

Quando se pendura, o untor não se lamenta do desconforto nem se ressente da dor. Aguarda com serenidade o fim do suplício. Da mesma forma que não acentua o sofrimento, ultrapassando as seis horas preestabelecidas, também não aceita abreviá-las, perfeito observante de suas próprias leis.

Nem sempre o untor se pendura em árvores. No passado, fora obrigado a pendurar-se em viadutos, cisternas, barragens, antenas de rádio, lustres de hotéis e cabos de alta-tensão. Conforme o que encontrara.

Neste momento, ele pende de uma mangueira, escondido entre as folhagens, com o rosto muito vermelho. O fato de estar suspenso por uma corda de dois metros de comprimento permite que oscile para um lado e para o outro, catando frutas maduras em galhos distantes.

Pendurado de ponta-cabeça no alto da mangueira há mais de duas horas, o untor admira a paisagem com o olhar invertido. Encontra-se na praça principal da cidade de Piranhas, no sertão de Alagoas. É a última escala da travessia em direção a Olho d'Água das Flores.

Em Piranhas, naquele dia, comemora-se o festival nacional do jerico. Bandeirolas coloridas enfeitam as ruas do centro. Caminhões com novos lotes de animais estacionam atrás da igreja. Os jericos são lavados e escovados nas calçadas. Nos bares lotados, mercadores negociam os melhores preços.

O evento mais popular do festival é a corrida de jericos. Atrai milhares de espectadores da região, que se aglomeram em torno da praça principal, apostando nos concorrentes preferidos. O untor observa que os jericos já estão na linha de largada, prontos para o início da corrida.

Entre todas as árvores da cidade, o untor escolhera pendurar-se bem no meio do traçado da corrida. A mangueira em que se encontra constitui uma das balizas em torno das quais os cavaleiros deverão girar.

O prefeito de Piranhas dá a largada. Depois de contornarem a praça, os jericos passam sob a mangueira.

Camuflado em meio às folhagens, o untor enfia a mão na bolsa de couro em que conserva o unto amarelado e, de ponta-cabeça, estica o braço para besuntar os cavaleiros.

Na primeira volta, a corrida mantém-se equilibrada, com os concorrentes quase emparelhados. O untor só consegue ungir o rosto do cavaleiro que está em primeiro lugar e o de um retardatário.

Na volta sucessiva, ele besunta o terceiro, o quarto e o sétimo colocados. Um dos jericos é pequeno demais, mantendo seu cavaleiro fora do alcance do untor, por mais que ele estenda o braço.

Faltam quatro cavaleiros, dos dez iniciais. O untor não tem dificuldades para besuntá-los com o unto amarelado, a não ser um deles, cujo jerico tropeça antes de alcançar a mangueira, fraturando a pata. Seu cavaleiro salva-se do ungüento venéfico, mas o untor pode consolar-se com o fato de que ao menos seu jerico será abatido.

Ao término das seis horas previstas, o untor desata a corda que lhe prende os tornozelos e desce da mangueira. Naquele fim de tarde, a cidade de Piranhas está inteiramente deserta. Os únicos resquícios do festival de jericos são as ruas cobertas de estrume e papel picado.

Alguns dias depois, o vencedor da corrida de jericos morre de febre amarela. É o primeiro classificado tanto na corrida quanto na hora da morte.

O segundo classificado contrai uma série de doenças, mas não chega a morrer. Contagia a mulher e a única filha, que morrem em seu lugar.

O terceiro classificado morre de tifo.

O quarto, de cólera.

Enquanto isso, o untor está retomando a viagem rumo a Olho d'Água das Flores.

O objetivo é contaminar com o unto amarelado mais uma Catarina Rosa.

Catarina Rosa II

O marido de Catarina Rosa a abandona, fugindo pelo sertão com outra mulher.

A fim de eliminar qualquer recordação do marido infiel, Catarina Rosa enche uma bacia de água e começa a afogar os quatro filhos pequenos, que se debatem obstinadamente no inútil esforço de se livrar de suas mãos.

No instante em que mergulha a cabeça da última criança na bacia de água, mantendo-a imersa até se esvaírem todas as bolhas de ar, Catarina Rosa sente um dolorido sobressalto no coração e desmaia.

Ao recobrar os sentidos, descobre com desgosto que um de seus filhos ainda está vivo, tossindo dentro da bacia, abraçado aos cadáveres dos irmãos. Ela deseja terminar de afogá-lo, mas já não encontra a determinação necessária para prosseguir o massacre.

Catarina Rosa muda-se de sua cidade de origem, indo morar num miserável casebre nas imediações de Olho d'Água das Flores, no interior de Alagoas. Do antigo casamento não conserva nada, a não ser aquele único filho que milagrosamente conseguira sobreviver à sua ira.

Passam alguns anos.

À medida que o filho de Catarina Rosa cresce, começam a manifestar-se os efeitos deletérios da tentativa de afogamento. O fato de ter permanecido sem respirar por diversos minutos causara-lhe sérias lesões cerebrais. Ele não aprende a falar ou a caminhar. Permanece o dia inteiro sentado no chão, com o olhar ausente, balançando o tronco mecanicamente para um lado e para o outro.

O seu retardamento não impede que ele se torne cada dia mais parecido com o pai — a pele negra, o cheiro acre, a papada inchada. Essa perfeita semelhança com o marido infiel reforça a hostilidade de Catarina Rosa em relação ao filho. Durante o dia, prefere confiná-lo fora de casa, isolado no meio da caatinga, cercado de cabras e galinhas. Em certas ocasiões, esquece-se até mesmo de alimentá-lo.

Passam mais alguns anos.

O marido de Catarina Rosa assalta um banco. Em busca de um refúgio seguro no qual se esconder, informa-se sobre o paradeiro da antiga mulher e a procura em Olho d'Água das Flores. A tentativa de reconciliação é malsucedida. Ao avistá-lo, Catarina Rosa tranca-se em seu casebre, obrigando-o a derrubar a porta com os ombros.

Agora Catarina Rosa está acorrentada aos pés da cama, sendo continuamente surrada e violentada pelo marido. Desde que o açude secara, os agricultores da região haviam migrado para o litoral, não sobrando ninguém nos arredores para ouvir seus pedidos de socorro. A única testemunha dos abusos do marido é seu filho retardado, que não parece se dar conta do drama que ocorre à sua volta.

Um dia porém, sucede o inimaginável. Despertando de sua idiotia sonolenta, o filho de Catarina Rosa ergue-se sobre as pernas tortas e atrofiadas e, com uma faca na mão, ensaia os primeiros passos de sua vida, cambaleando ameaçadoramente em direção ao pai, desafiando-o para um duelo.

Não são raras as histórias sertanejas em que um indivíduo humilhado e combalido redime-se demonstrando uma força até então desconhecida. É o caso do filho de Catarina Rosa, que nobilita uma existência inútil e parasitária com um inesperado ato de heroísmo.

Nesse sentido, ele representa dois dos principais mitos do sertão:

a) O homem possui dentro de si o poder ilimitado de superar qualquer dificuldade.

b) Não há um único evento que não seja ditado pelo destino.

Até aquele momento, Catarina Rosa sempre se indagara sobre o significado do milagre que poupara seu filho do afogamento. Agora que ele avança claudicante contra o marido, com uma faca na mão, ela finalmente compreende que o menino sobrevivera porque seu destino era salvá-la.

As esperanças de Catarina Rosa não duram mais do que alguns segundos. O duelo termina com a morte imediata do filho, esfaqueado pelo pai, cancelando a reconfortante idéia de que o destino reservara-lhe, afinal, uma função.

Seu sacrifício se torna ainda mais supérfluo porque, no dia seguinte, o casebre de Catarina Rosa amanhece todo besuntado pelo untor.

No espaço de uma semana, o unto amarelado provoca a morte do marido de Catarina Rosa. Ela o enterra no quintal, ao lado do filho.

Catarina Rosa morre logo em seguida.

Terceira Parte

Manoel Vitorino III

Manoel Vitorino suspeita das intenções do untor que retirara a saliva contaminada da boca do cadáver de seu filho.

Arrependido de ter-lhe indicado o paradeiro de Catarina Rosa, parte em direção a Olho d'Água das Flores. Sua esperança é alcançar o destino antes do untor, a fim de advertir Catarina Rosa dos riscos que está correndo.

À medida que atravessa o estado da Bahia em velhos caminhões lotados de retirantes, cresce o temor de Manoel Vitorino em relação ao untor. No vilarejo de Barriguda, ele conta mais de sessenta mortos de doenças contagiosas. Em Jeremoabo, carros de boi recolhem centenas de cadáveres pestilentos nas calçadas desertas.

Depois de uma semana de viagem, Manoel Vitorino chega a Olho d'Água das Flores. Do centro da cidade até o solitário casebre de Catarina Rosa ainda faltam seis léguas de caminhada através da caatinga.

Quando Manoel Vitorino finalmente alcança o casebre, está anoitecendo. Ele colhe evidentes sinais de abandono por toda a parte, da roça coberta de mato aos animais mortos de fome no galinheiro.

No interior do casebre, a desolação é ainda maior. Bodes correm soltos dentro da sala, em meio a um forte odor de estrume e comida deteriorada. Manoel Vitorino sabe que é tarde demais. O untor já passou por ali.

Manoel Vitorino grita o nome de Catarina Rosa enquanto examina os miseráveis aposentos do casebre. Camadas de unto amarelado envolvem o colchão de feno e o recosto das cadeiras, o fogareiro e o parapeito das janelas. Aquele unto está impregnado com a saliva infecta de seu filho, não sendo prudente tocá-lo.

Manoel Vitorino procura Catarina Rosa na horta. Ao lado da plantação de mandiocas, encontra uma sandália de borracha. Alguns metros adiante, um lenço de cabeça. Manoel Vitorino vai seguindo a trilha de indumentos caídos no chão até identificar o corpo de Catarina Rosa estendido sobre a fossa, todo enlameado de urina e excrementos.

Manoel Vitorino não tem dificuldades para reconstituir os eventos. Como a maioria das habitações sertanejas, o casebre de Catarina Rosa não possui sanitário, sendo necessário recorrer a uma fossa no meio do mato. A contaminação com o unto amarelado certamente provocara-lhe uma forte disenteria. Catarina Rosa disparara em direção à fossa, perdendo a sandália de borracha e o lenço de cabeça ao longo do caminho, mas não conseguira erguer o vestido a tempo. De fato, morrera defecando.

Manoel Vitorino calca o corpo deteriorado de Catarina Rosa com a ponta do pé. Calcula que vários dias haviam transcorrido desde a sua morte.

Àquela hora da noite, Manoel Vitorino já não pode retornar a Olho d'Água das Flores. Esfaimado, munge uma cabra e prepara uma abundante refeição à base de farinha de milho e leite morno. Depois do jantar, estende uma rede na varanda e dorme até o dia seguinte.

Ao acordar, Manoel Vitorino sente-se regenerado. Pensa em enterrar Catarina Rosa na horta, mas antes disso é preciso lavá-la. Não pode enterrar um ser humano nessas condições, recoberto de urina e excrementos.

Manoel Vitorino retira água do poço e começa a borrifá-la sobre o cadáver de Catarina Rosa. Ao desabotoar-lhe o vestido, revelam-se todos os efeitos das doenças que haviam provocado a sua morte. As veias tumefatas, os seios necrosados, as crateras pustulentas, os bubões nas virilhas.

Observando o corpo nu de Catarina Rosa, Manoel Vitorino sente nojo e vomita. Depois de vomitar, abre-lhe as pernas e violenta o seu cadáver. Alguns minutos mais tarde, arrasta-a pelo braço até o casebre e violenta-a novamente sobre o colchão de feno.

Manoel Vitorino enterra Catarina Rosa na horta e vasculha o casebre em busca de bens de valor. Dentro de um vaso, encontra uma aliança de ouro. No criado-mudo, um relógio. Embrulha os objetos num lenço esfarrapado e prepara-se para partir rumo ao Norte.

Daquele dia em diante, Manoel Vitorino passa a seguir a trilha venéfica do untor através do sertão. Trata-se de uma atividade altamente rentável, considerando a facilidade de roubar e abusar de suas vítimas.

O único risco é que o contato com o unto amarelado possa acarretar-lhe alguma doença contagiosa. É o que acaba de ocorrer. De um instante para o outro, partes do corpo de Manoel Vitorino começam a mumificar-se.

Januário Cicco III

O jagunço Januário Cicco continua a caçar o untor. Pretende vingar o vaqueiro Cristino Castro, que perdera os membros por causa do unto amarelado.

Januário Cicco avança pela caatinga com sua motocicleta fumosa. É considerado o maior rastrejador da Paraíba. Conta-se que numa certa ocasião ele perseguiu ladrões de gado por dois anos e meio antes de encontrá-los no sul da Bahia, façanha até hoje decantada por violeiros de todo o Nordeste, em virtude de sua lendária obstinação.

Em geral, Januário Cicco rastreia as presas através da análise de pegadas ou gravetos partidos. No caso do untor, basta seguir a trilha de unto amarelado, que gera doenças infecciosas onde quer que seja aplicado.

A certa altura, Januário Cicco decide adestrar um cachorro para ajudá-lo em suas buscas. De acordo com as crendices sertanejas, cachorro corajoso é aquele malhado, com o céu da boca preto e o rabo fino enrolado para a direita.

O cachorro de Januário Cicco obedece a essas características. De fato, em menos de uma semana aprende a reconhecer o rastro do untor, mas de tanto farejar o unto amarelado, acaba morrendo contaminado.

Ao atravessar a fronteira de Pernambuco, Januário Cicco toma o leito estorricado do rio Capibaribe, descendo-o com a motocicleta fumosa.

João Cabral de Melo Neto descreve num poema as cidades "muito pobres e sem vida" que margeiam o rio Capibaribe. Poço Fundo, Toritama, Vertentes, Malhadinha, Pedra Tapada, Pirauíra. "A mesma dor calada, o mesmo soluço seco, mesma morte de coisa que não apodrece mas seca."

Além de sofrerem com a seca, agora os moradores dessas cidades são dizimados pelo unto amarelado. À medida que Januário Cicco vai adiante, os mortos tornam-se mais e mais recentes, confirmando a sensação de que o untor não poderia estar longe dali.

Januário Cicco chega a Limoeiro. Os efeitos do unto amarelado ainda não se alastraram de maneira definitiva. O único doente em quarentena é o padre da cidade. Chama-se frei Paulo.

Januário Cicco dirige-se imediatamente à igreja de frei Paulo. Atrás dos bancos de madeira, identifica rastros frescos de unto amarelado, os mesmos que envolvem o confessionário e a pia batismal.

O unto amarelado distribui-se pelas paredes em linhas estreitas e sinuosas, como se feitas com os dedos, de passagem, concentrando-se maleficamente nos pontos de maior contato dos freqüentadores da igreja.

Agora Januário Cicco segue os rastros de unto amarelado até a sacristia. Frei Paulo está deitado no chão, transpirando gotas de sangue, com tremedeiras e calafrios, o baço inflamado e bubões nas virilhas.

Depois de purgá-lo, Januário Cicco submete-o a um longo interrogatório sobre a identidade do untor. Ainda que as doenças provoquem repentinos desvarios e saltos de memória, frei Paulo fornece-lhe inúmeras notícias a seu respeito:

O manto preto
A mão amputada
O olho de vidro
A barba ruiva
O caldeirão de ferro
A sela nas costas

Ao término do interrogatório de frei Paulo, Januário Cicco abre um galão de querosene e começa a derramá-lo nas paredes da igreja.

O cheiro do combustível não é de todo desagradável, mas frei Paulo desconfia que o jagunço queira atear fogo ao edifício, a melhor medida profilática contra os riscos de contágio. Frei Paulo põe-se a gritar com tanta força que Januário Cicco é obrigado a amordaçá-lo.

A seguir, amarra-o a uma coluna e encharca-o de querosene. Ele sabe que não é justo incendiar um ser humano antes de sua morte efetiva, mas observando o estado de saúde de frei Paulo, conclui que não lhe restam mais do que um ou dois dias de vida.

Desde que iniciara a perseguição ao untor, Januário Cicco já incendiara inúmeros locais contaminados com o unto amarelado. Agora ele joga um fósforo aceso sobre frei Paulo, impedindo-o de infectar os moradores de Limoeiro.

Januário Cicco parte com sua motocicleta. Acelera em direção ao sul. O cerco em torno do untor está se fechando.

Untor V

Os sertanejos sofrem porque seus governantes são injustos. É o grande tema da literatura regionalista.

Entre 1928 e 1930, a cidade alagoana de Palmeira dos Índios foi administrada por Graciliano Ramos, o maior de todos os autores da região.

Em seu primeiro relatório ao governador do estado, Graciliano Ramos escreve: "Acho absurdo um município que até agora nada gastou com a instrução despender 2:000$000 para manter uma banda de música."

No ano seguinte, ele cortou as verbas da banda de música e instituiu escolas nas aldeias de Serra da Mandioca, Anum e Canafístula.

Agora o untor está diante da escola de Canafístula. Ele não sabe se é a mesma instituída por Graciliano Ramos, mas ainda assim contamina-a com o unto amarelado, besuntando cadernos, canetas e carteiras dos estudantes.

Depois da passagem do untor, triplica o índice de mortalidade de Canafístula.

Ele pergunta a um estudante:

— Conhece alguma Catarina Rosa?

O estudante:

— Não.

De todas as obras públicas do prefeito Graciliano Ramos, a mais duradoura foi a estrada de Palmeira de Fora, oito metros de largura, valetas para o escoamento de água, construída em cinco meses com o trabalho de cento e vinte homens.

Neste preciso momento, o untor difunde unto amarelado sobre pedestres e caminhoneiros que trafegam pela estrada de Palmeira de Fora. Ao longo das décadas, alguns de seus trechos foram parcialmente asfaltados, mas até hoje a estrada conserva o traçado original.

O untor pergunta a um passante:

— Conhece alguma Catarina Rosa?

O passante:

— Não.

No segundo ano de mandato, o prefeito Graciliano Ramos instalou um posto de higiene em Palmeira dos Índios, dirigido pelo dr. Hebreliano Wanderley.

Não podendo contaminar o próprio dr. Hebreliano Wanderley, morto no início dos anos 50, o untor dissemina unto amarelado sobre seus parentes.

O untor também besunta todos os cães vagabundos da cidade, inspirando-se num ato do prefeito Graciliano Ramos: "Houve lamúrias e reclamações porque mandei matar algumas centenas de cães vagabundos."

Os cães foram mortos por Graciliano Ramos porque portadores de doenças contagiosas. Agora a matança profilática de Graciliano Ramos é subvertida pelo untor. À medida que os cães vagabundos correm soltos pelas ruas de Palmeira dos Índios, eles infectam a população inteira com o unto amarelado.

Outra obra de Graciliano Ramos foi o aterro no bairro da Lagoa. Ele anotou em seu segundo relatório: "Retirei o lixo, para preparar o terreno e para evitar fosse um monturo banhado por água que logo entrava em um riacho de serventia pública. Quase todos os trabalhadores adoeceram."

O untor contagia cada um dos casebres edificados em torno do aterro. Os moradores adoecem.

Pergunta a um deles:

— Conhece alguma Catarina Rosa?

O morador:

— Não.

Depois de besuntar as paredes do museu dedicado a Graciliano Ramos, o untor despede-se de Palmeira dos Índios.

Parte rumo ao Norte, em busca de informações que o levam a uma nova Catarina Rosa.

Piquet Carneiro III

Depois da morte de sua amada, vítima de enfermidades que ele próprio lhe transmitira através do unto amarelado, Piquet Carneiro decide nunca mais tocar uma mulher.

Não é o que ocorre. Naquela mesma semana, enquanto vagueia pela caatinga nos arredores de Jaguaretama, depara-se com a mulher do lavrador Delmiro Gouveia, que colhe feijão na horta. Abraçam-se, jurando amor eterno.

O fato de assemelhar-se a um boi é de grande utilidade para Piquet Carneiro, que pode permanecer no sítio de Delmiro Gouveia sem despertar sua desconfiança. Passa a maior parte do dia com o jugo no cangote, arrastando o arado ou girando em torno do moinho. Quando Delmiro Gouveia se afasta para trabalhar na roça, a mulher o desamarra e deitam-se no chão.

No sertão, não é incomum que um latifundiário usufrua de sua posição de poder para apropriar-se de todas as reservas hídricas de uma determinada região.

É o caso do coronel João Sá, que acaba de erguer uma imensa barragem no interior de sua propriedade. A barragem drena para um açude as águas do rio Jaguaribe, destruindo centenas de lavouras que agricultores miseráveis plantaram às suas margens.

Delmiro Gouveia é um dos mais afetados pela construção da barragem. Em algumas semanas, suas lavouras definham. Ele pensa em cultivar feijão e milho no leito musgoso do rio. Como já não tem dinheiro para comprar sementes, é obrigado a endividar-se com um amigo farmacêutico.

As sementes de feijão e milho não brotam no solo seco. Delmiro Gouveia não sabe como pagar a dívida. O único bem que lhe resta é sua mulher. Oferece-a ao farmacêutico, que passa a freqüentá-la dia sim, dia não.

Piquet Carneiro sofre ao ver a sua amada possuída por outro homem. Poucos meses antes, teria resolvido o problema matando o farmacêutico a chifradas. Agora já não pode recorrer a tais soluções, em vista de sua recente reconciliação com a fé.

Ocorre-lhe que a verdadeira origem de seu sofrimento é a barragem do coronel João Sá; se o rio Jaguaribe voltasse a irrigar as terras áridas de Delmiro Gouveia, este poderia saldar o débito com o farmacêutico e reaver sua mulher. Piquet Carneiro resolve demolir a barragem.

Ao tomar conhecimento das intenções de Piquet Carneiro, a mulher de Delmiro Gouveia chora amargurada, prevendo a reação violenta dos jagunços do coronel João Sá. Piquet Carneiro não teme morrer. O castigo divino que determinara sua metamorfose em boi havia-o ensinado que o bem era mais forte do que o mal.

À medida que Piquet Carneiro sobe o rio Jaguaribe rumo à barragem, atrai centenas de acólitos em torno de si, agricultores miseráveis que sem as águas do rio já não conseguem sobreviver. Eles seguem Piquet Carneiro, decididos a demolir a barragem que arruinara suas vidas.

Alarmado com o crescente entusiasmo dos revoltosos pelo boi Piquet Carneiro, o coronel João Sá manda seus jagunços matarem-no. A menos de uma légua da barragem, o leito do rio afunila-se. Detrás dos bancos de areia, despontam vinte jagunços, que descarregam as carabinas sobre o boi.

A saraivada de balas que perfura o corpo de Piquet Carneiro parece redobrar suas forças. Ele ataca os jagunços do coronel João Sá, destripando seis ou sete com os chifres, enquanto os outros fogem apavorados.

Depois de derrotar os jagunços, Piquet Carneiro guia seus acólitos até a barragem. Comemoram a noite inteira com sanfona, fogueira e milho assado. Ao amanhecer, Piquet Carneiro distribui cargas de dinamite junto à base da barragem e demole-a com uma fragorosa detonação.

As turbulentas águas do açude começam a transbordar por uma das margens. A corrente é tão forte que arrasta consigo não somente Piquet Carneiro e seus acólitos, mas quase todos os lavradores da região, que morrem afogados.

A mulher de Delmiro Gouveia é uma das primeiras a morrer. Piquet Carneiro entoa uma gemedeira quando avista o seu corpo na superfície da água.

Ó senhor dos céus
responda uma pergunta
será que eu mereço
tanta desgraça junta
quando amo uma mulher
ela sempre vira defunta

Piquet Carneiro se dá conta de que a causa de seus sofrimentos é o untor. A partir de então, começa a seguir seus rastros em direção a Pernambuco.

Pretende matá-lo a chifradas.

Demerval Lobão III

Demerval Lobão decide matar os três filhos que lhe restam. Além de desnutridos e retardados, eles estão infectados pelo untor, que disseminara unto amarelado sobre os poucos alimentos que haviam ingerido nas últimas semanas. Depois de matá-los, Demerval Lobão pretende suicidar-se.

A prática do infanticídio é comum na cultura sertaneja. No início de um dos mais célebres romances regionalistas, *Vidas secas*, de Graciliano Ramos, encontra-se um caso semelhante ao de Demerval Lobão, quando o retirante Fabiano pensa em matar o filho mais velho porque este desmaia na caatinga, não conseguindo dar um passo a mais.

Outro caso que merece ser recordado é o de Pedra Bonita, citado por Euclides da Cunha em Os *sertões* como antecedente do fanatismo religioso que algumas décadas mais tarde eclodiria com Antônio Conselheiro.

Em 1837, um mameluco do Pajeú revelou que o sangue de crianças inocentes teria o efeito miraculoso de quebrar a formação rochosa de Pedra Bonita. De dentro da Pedra Bonita, irromperia o grande rei D. Sebastião, pronto a castigar a humanidade ingrata. Euclides da Cunha: "Em torno da ara monstruosa comprimiam-se as mães erguendo os filhos pequeninos e lutavam, procurando-lhes a primazia no sacrifício."

Demerval Lobão mata o filho mais velho no alto de um rochedo, conferindo um certo caráter euclidiano à sua fúria homicida, como se tratasse de uma aberração atávica. Depois de estender a criança sobre a superfície do rochedo, pisa em suas costas para conservá-la imóvel e a degola com um facão.

Ao verem o sangue jorrar abundante do pescoço do irmão mais velho, as outras crianças debandam uma para cada lado, gritando de terror. Demerval Lobão alcança o segundo filho antes que ele desapareça entre os ramos secos da caatinga. Enfia-lhe o facão à altura do ventre e abre-o até as costelas.

O terceiro filho caminha com dificuldade, porque o unto amarelado causara-lhe o inchaço da perna esquerda, triplicando seu volume. Ele tenta se esconder numa toca, mas não consegue despistar Demerval Lobão, que segue suas pegadas e destroça-o com mais de trinta facadas.

Agora Demerval Lobão precisa suicidar-se. Ele finca o cabo do facão entre duas pedras e atira-se repetidamente sobre a lâmina afiada. O facão penetra em sua carne sem feri-lo ou provocar derramamento de sangue.

A mitologia sertaneja atribui a certos amuletos o poder mágico de resguardar o corpo contra tiros ou facadas, em geral um bentinho consagrado que garante a inviolabilidade de seu possuidor. O feitiço é conhecido como corpo fechado.

No caso de Demerval Lobão, a fechar-lhe o corpo não é um amuleto ou bentinho, mas a putrefação devida ao unto amarelado. Por mais que ele se espete com o facão, os tecidos necrosados já não podem ser feridos, como se estivessem mortos.

Demerval Lobão decide então prosseguir a marcha até Cocorobó. Ao longo do caminho, atiça uma cobra. O veneno não surte qualquer efeito sobre o seu corpo fechado. Demerval Lobão atira-se do alto de uma ribanceira pedregosa. A queda revela-se de todo inócua.

Cada cidade sertaneja tem um pistoleiro próprio, que mata a serviço dos poderosos da região. O pistoleiro de Cocorobó é um dos mais sanguinários do Nordeste, com mais de oitenta assassinatos nas costas. Chama-se José de Freitas.

Ao chegar a Cocorobó, Demerval Lobão desafia o pistoleiro para um duelo. É a última esperança que lhe resta; se alguém pode matá-lo, esse alguém é o pistoleiro.

No sertão, duelo tem hora marcada. O duelo entre Demerval Lobão e José de Freitas ocorre ao raiar do sol, num trecho deserto da caatinga, às portas da cidade.

Demerval Lobão apresenta-se desarmado, apenas com o facão na bainha. José de Freitas empunha sua fiel carabina, que jamais havia falhado.

Demerval Lobão caminha lentamente em direção ao pistoleiro José de Freitas, que descarrega a carabina à altura de seu coração. As balas ficam encravadas na carne de Demerval Lobão sem provocar ferimentos.

José de Freitas recarrega a carabina e atinge-o novamente, mas desta vez Demerval Lobão já está perto o bastante para desferir-lhe uma facada letal no pescoço.

A partir de agora, Demerval Lobão irá seguir a trilha do untor. Parte rumo à fronteira de Pernambuco.

A missão é vingar-se do malfeitor que contaminara sua mulher e seus nove filhos.

Untor VI

Manoel Vitorino, Januário Cicco, Piquet Carneiro e Demerval Lobão seguem os rastros do unto amarelado através do Polígono das Secas.

Manoel Vitorino está nos arredores de Olho d'Água das Flores. No encalço do untor, pode roubar e violentar todos os cadáveres que encontra.

O jagunço Januário Cicco também persegue o untor, mas sua intenção é outra. Quer vingar o amigo Cristino Castro, de quem tivera que amputar um braço e ambas as pernas por ordem do senador Pompeu. Neste momento, Januário Cicco está interrogando pestilentos na cidade de Canhotinho.

Distante dali, Piquet Carneiro sobe o rio Jaguaribe em direção à serra do Araripe, no sul do Ceará. O unto amarelado transformara-o em boi. Além disso, causara a morte de todas as mulheres que amara desde então. Quando alcançar o untor, pretende desventrá-lo com os chifres.

Demerval Lobão perdera a mulher e nove filhos. Agora, com o corpo fechado, pode enfrentar o malfeitor que contaminara as últimas reservas alimentares de sua família. Descobre traços de unto amarelado em Chorrochó, num carro-pipa que fornece água à população miserável em períodos de seca.

Os quatro sertanejos caçam o untor através da caatinga. Estão infectados pelo unto amarelado, mas isso não impede que continuem a caçá-lo.

De todos os protagonistas desta história, o único a não perseguir o untor é Cristino Castro, inclusive pela dificuldade de locomover-se com os membros amputados, arrastando o peso do tronco apenas com a força do braço direito.

No entanto, Cristino Castro é o primeiro a encontrá-lo, diante da igreja de Jerico, no interior da Paraíba. O untor viera à cidade para comprar uma nova montaria. Parecera-lhe natural comprar um jerico num lugar chamado Jerico.

Quanto a Cristino Castro, sua trajetória é muito mais triste. Desde que perdera os membros, vira-se na impossibilidade de ganhar a vida como vaqueiro. Agora é obrigado a mendigar diante das igrejas da região, enquanto sua única filha prostitui-se num bordel.

Deitado diante da igreja de Jerico, Cristino Castro avista o manto preto do untor em meio aos passantes. Põe-se a gritar em sua direção, acusando-o de ser a causa de suas desgraças.

O untor dá-lhe algumas moedas, escutando a sua história, da repartição dos novilhos do senador Pompeu aos meses em que permanecera amarrado sobre os trilhos da ferrovia.

Ao término da narração, o untor pergunta:

— Conhece alguma Catarina Rosa?

— Uma.

— Onde?

— Flores do Piauí.

O untor besunta Cristino Castro e percorre a cidade em busca de um jerico.

No último estábulo que visita, sente-se observado por um jerico malhado de branco, preto e marrom. É manso, e o dono do estábulo afirma tratar-se de um animal particularmente resistente, ideal para enfrentar longas jornadas na caatinga.

De Jerico a Flores do Piauí são mais de cento e cinqüenta léguas de estradas desertas, através dos estados da Paraíba, do Ceará e do Piauí. Por melhor que seja, um jerico não leva menos de duas semanas para completar o trajeto. O untor não perde tempo. Põe a sela no dorso do jerico e parte para o oeste.

Algumas léguas adiante, o untor nota com satisfação que o jerico malhado jamais interrompe a marcha para descansar, comer ou beber. Prossegue em velocidade constante, nem muito rápido, nem muito devagar.

Quando anoitece, o untor procura frear o jerico malhado, mas ele continua a cavalgar a noite inteira. A certa altura, o untor sente sono. Amarra-se à sela para não cair e adormece enquanto o jerico avança.

Além de cavalgar sem parar, o jerico tem outra característica curiosa. Ele ignora o contorno das estradas, preferindo trotar em linha reta rumo à destinação, superando com agilidade todos os obstáculos que encontra diante de si. Pula cercas de arame farpado, enfrenta um estouro de boiada em Caririaçu, atravessa a nado o rio Itaim em cheia.

Às portas da cidade de Flores do Piauí, depois de seis dias de marcha ininterrupta, o jerico começa a arfar, com baba que lhe escorre pelos cantos da boca e o pescoço coberto de suor esbranquiçado. Cai morto no chão.

Não é o único a morrer. Neste preciso momento, em Jerico, Cristino Castro também está dando seu último suspiro, mais uma vítima do unto amarelado.

Catarina Rosa III

Os maiores latifundiários de Flores do Piauí chamam-se Paes Landim e Cícero Dantas, descendentes de duas poderosas famílias sertanejas.

No final do inverno, o rebanho de Paes Landim invade as terras de Cícero Dantas, devorando suas melhores pastagens. Cícero Dantas manda seus jagunços sacrificarem um boi de Paes Landim. É uma advertência para que o rebanho intruso seja mantido longe dos confins de sua propriedade.

Alguns dias mais tarde, Paes Landim encontra o genro de Cícero Dantas na feira da cidade. Discutem acaloradamente sobre a matança daquele boi, com afrontas de ambos os lados. Paes Landim quebra uma garrafa na cabeça do genro de Cícero Dantas e com um tição ardente imprime-lhe no rosto a marca de seu rebanho, um círculo com as iniciais PL em seu interior.

A vingança de Cícero Dantas é imediata. Captura com seus jagunços um dos sete filhos de Paes Landim. Depois de amarrá-lo às selas de dois cavalos, manda o primeiro para a direita e o segundo para a esquerda. O filho de Paes Landim é destroçado.

Desse momento em diante, o conflito entre as duas famílias assume as dimensões de uma guerra. Verificam-se torturas, enforcamentos coletivos e atentados a bomba. Paes Landim e Cícero Dantas contratam cada dia mais jagunços, mercenários provenientes de todas as paragens nordestinas, remunerados de acordo com o número de orelhas mutiladas dos inimigos.

O mais cruel desses jagunços é João Dourado, que combate para a facção de Paes Landim. Na véspera do Natal, ele seqüestra o filho recém-nascido de Cícero Dantas, submetendo-o a uma série de torturas. Corta-lhe a língua, arranca-lhe as unhas, queima-o com brasas e sevicia-o até a morte.

O governador do Estado decide intervir. Convoca os chefes das duas famílias e obriga-os a chegar a um acordo. Antes de tudo, avalia as perdas provocadas pelo conflito. Do lado de Paes Landim, haviam morrido a matriarca, dois irmãos, quatro filhos, trinta jagunços e cerca de quarenta agregados, entre vaqueiros, rendeiros e domésticos. Os lutos de Cícero Dantas são equivalentes, tanto no número de vítimas quanto no grau de parentesco. Como uma morte cancela a outra, o governador argumenta que já não há motivo para prosseguir o massacre.

O problema é que Cícero Dantas não consegue perdoar o assassínio de seu filho recém-nascido. Paes Landim concorda que o jagunço João Dourado fora brutal demais, mas não sabe como restabelecer o equilíbrio entre as duas famílias. O sábio governador sugere então que Paes Landim entregue um filho recém-nascido a Cícero Dantas, para que este último possa torturá-lo e matá-lo. Os dois latifundiários aceitam a proposta. Depois da reconciliação, abraçam-se e choram comovidos um no ombro do outro.

Paes Landim não tem filhos recém-nascidos. Por esse motivo, a única solução é engravidar a mulher. Como ela se recusa a conceber um filho que será assassinado logo após o parto, Paes Landim é obrigado a violentá-la todos os dias, até o momento em que ela desmaia na igreja, grávida de dois meses. A mulher de Paes Landim chama-se Catarina Rosa.

Por mais que se esforce, Catarina Rosa não consegue ignorar o filho que cresce em seu ventre. Afeiçoa-se cada dia mais àquele ser, tanto que, quando sente as primeiras contrações, não hesita em fugir durante a noite, acompanhada apenas pela criada e um jerico. A criança nasce no meio do mato.

Paes Landim e Cícero Dantas reúnem seus melhores homens e começam a perseguir Catarina Rosa pelas cercanias de Flores do Piauí. O receio dos dois chefes de família é que o gesto maternal de Catarina Rosa possa comprometer o clima de concórdia tão arduamente conquistado.

Duas semanas mais tarde, encontram-na escondida numa gruta a mais de vinte léguas da cidade. Desesperada, Catarina Rosa se oferece para ser sacrificada no lugar do filho recém-nascido. Cícero Dantas comove-se com a manifestação de amor de Catarina Rosa e aceita a troca. Paes Landim chora comovido.

Catarina Rosa é transferida para a casa-grande de Cícero Dantas. Cortam-lhe a língua e seviciam-na repetidamente, não apenas Cícero Dantas e seus filhos, mas todos os jagunços sob seu comando.

Quando o untor desembarca em Flores do Piauí, Catarina Rosa está morta há mais de uma semana. Ele pensa em contaminar o recém-nascido pelo qual ela se sacrificara, mas este havia morrido algumas horas depois da mãe, de disenteria.

Quarta Parte

Manoel Vitorino IV

Manoel Vitorino coça o olho ressequido durante o sono. A certa altura, o olho começa a destacar-se da órbita ocular. Continua a coçar com força até arrancá-lo com as unhas. Aliviado, adormece novamente.

Passam algumas horas.

Ao acordar, Manoel Vitorino descobre estar cego de um olho, estendido numa rede. Não sabe onde se encontra. É um quarto escuro, com cheiro de mofo e carniça. Quando tenta se levantar da rede, sente tontura e tomba no chão. A tontura e o olho ressequido são efeitos do unto amarelado. Seu estado de saúde agrava-se a cada instante.

Manoel Vitorino concentra-se a fim de reconstruir os eventos que o haviam levado até aquele misterioso quarto escuro. Recorda um morto na cidade de Bom Conselho, ao qual roubara meio quilo de ouro. Em Paranatama, lembra-se de ter violentado o cadáver de uma parteira.

A partir de então, sua memória torna-se um tanto confusa. É difícil distinguir a realidade da alucinação febril. Fora realmente internado num leprosário em Garanhuns? Fora realmente enterrado numa vala comum em Iati?

O único fato seguro é a bolsa cheia de ouro e prata que ele acumulara seguindo a trilha venéfica do untor. Certifica-se de que a bolsa permanece firmemente amarrada à sua cintura, com a preciosa carga de alianças, brincos, moedas, relógios, medalhetas e cabos de facões.

Manoel Vitorino começa a rastejar pelo chão do quarto escuro à procura de uma saída. Suas mãos gangrenadas haviam perdido a sensibilidade ao tato, mas mesmo assim ele reconhece o contorno de algo que parece ser um corpo humano, imóvel diante de si, com a barriga para cima, fétido e inteiramente besuntado. O corpo humano ainda respira.

Arrastando-se junto às paredes, Manoel Vitorino encontra uma janela. Está bloqueada com pesadas toras de madeira. Alguns metros adiante, depara-se com uma porta, igualmente bloqueada.

Agora ele compreende o que havia acontecido. Ao descobrir que o untor contaminara os moradores daquela casa, viera saqueá-los, mas com a fadiga provocada por suas próprias enfermidades, acabara adormecendo na rede. Enquanto dormia, autoridades sanitárias haviam colocado a casa de quarentena, lacrando todas as portas e janelas para impedir a propagação de epidemias.

Alarmado com a idéia de morrer ali dentro, Manoel Vitorino é acometido por um forte mal-estar.

Passam mais algumas horas.

Amanhece. Através de estreitas fissuras nas toras de madeira que bloqueiam as janelas, penetram alguns raios de sol. Aos poucos, Manoel Vitorino vai identificando os diversos elementos que compõem aquele quarto escuro.

Da direita para a esquerda, a rede, o fogão, a mesa, o armário. Ao lado da porta de entrada, o moribundo caído no chão, com os olhos arregalados e a língua para fora.

Manoel Vitorino arrasta-se até o armário e vasculha cada uma de suas gavetas. Embora se trate de um casebre miserável, ele aprendera a não desdenhar a capacidade de poupança dos sertanejos.

De fato, acaba de encontrar um anel de ouro cuidadosamente enrolado dentro de um lenço.

Manoel Vitorino rasteja em direção ao moribundo. Observa o inchaço glandular em torno de sua garganta, o sangue seco em torno das narinas, as costelas protuberantes no peito definhado. Encosta o ouvido à altura de seu rosto, mas já não consegue perceber sinais de respiração.

Agora Manoel Vitorino enfia as mãos gangrenadas dentro da boca do moribundo, na tentativa de arrancar-lhe um dente de ouro, movendo-o para a frente e para trás.

Quando o dente afinal começa a amolecer, o moribundo fecha as mandíbulas, mutilando quatro dedos da mão direita de Manoel Vitorino. O sangue escuro jorra em todas as direções. Ele envolve a mão mutilada nos farrapos da camisa, mas nada parece estancar a hemorragia.

Depois de sangrar por algumas horas, Manoel Vitorino sente-se regenerado. Caminha sem sentir tontura. Com um botijão de gás, esmaga a cabeça do moribundo que lhe mutilara a mão. A seguir, põe-se a escavar um túnel no chão, junto à parede do casebre. Desbasta a terra com uma colher e amontoa o sedimento na boca do túnel.

No dia seguinte, Manoel Vitorino finalmente desponta do lado de fora do casebre.

Corre satisfeito pela caatinga, em busca de novos moribundos para saquear.

Januário Cicco IV

Os autores sertanejos tendem a atribuir um significado para cada evento da vida de seus personagens.

Numa primeira leitura, os infortúnios de Manoel Vitorino poderiam parecer casuais, mas o fato de ele ter perdido um olho e a mão direita tem uma estreita relação com o que irá lhe ocorrer a seguir.

O jagunço Januário Cicco, através do testemunho de diversos moribundos infectados com o unto amarelado, construíra em sua mente uma imagem do untor, cego de um olho e mutilado da mão direita.

Quando se depara com o caolho e maneta Manoel Vitorino na cidade de Algodões, enquanto este último saqueia e violenta uma de suas vítimas, captura-o acreditando tratar-se do untor.

É assim que a literatura regionalista demonstra a inelutabilidade da construção divina. Caso Manoel Vitorino tivesse perdido uma orelha no lugar do olho, ou a mão esquerda no lugar da direita, aquele encontro com Januário Cicco seguramente não se verificaria.

No caso de Manoel Vitorino, não é uma grande sorte que o destino tenha colocado o jagunço em seu caminho. Januário Cicco insiste para que Manoel Vitorino confesse ser o untor. Como Manoel Vitorino recusa-se a confessar, Januário Cicco começa a torturá-lo.

Até aquele instante, os eventos da vida de Manoel Vitorino jamais haviam assumido um significado. Agora que os diversos fatores finalmente dão a sensação de ordenar-se, compondo um quadro decifrável, no qual se revela um desígnio perfeito, o único resultado parece ser puni-lo.

É mais um efeito colateral do unto amarelado — castigar a tentativa de conferir um significado para a vida cotidiana dos sertanejos.

Conforme o engenhoso mecanismo ideado por Januário Cicco, Manoel Vitorino está suspenso no ar, com pulsos e calcanhares atados a cintas de couro. Quanto mais Januário Cicco estreita as cintas, maior é a força de tração à qual as articulações de Manoel Vitorino são submetidas.

Januário Cicco interroga-o:

— Confesse.

— Não sei de nada.

— Por que contamina os sertanejos?

— Ah, meu Deus.

— Para saquear e violentar suas vítimas?

— Já disse a verdade.

Nesse preciso momento, as cintas de couro deslocam o pulso de Manoel Vitorino. Ele desmaia.

Ao recobrar os sentidos, confessa que saqueia e violenta os cadáveres pestilentos, mas repete que não é o untor. O verdadeiro untor contaminara a sua madrinha Catarina Rosa.

Januário Cicco:

— Qual o motivo?

— Ele contamina todas as Catarina Rosa do sertão.

— Por quê?

— Não consigo entender.

— Eu também não.

O diálogo acima não pode ser tomado como uma transcrição fiel do interrogatório entre Januário Cicco e Manoel Vitorino. Na realidade, foram eliminadas todas as formas de abastardamento lingüístico do colorido dialeto local que costumam ocultar a falta de conteúdo.

O intuito é revelar o grau de incompreensão dos sertanejos acerca das motivações do untor. Não se trata de mera disfunção verbal. Ainda que aprendam a articular um pensamento, ainda que possam dispor dos elementos necessários para julgar um caso, os sertanejos não conseguem chegar a uma conclusão.

Januário Cicco e Manoel Vitorino perseguem a trilha do untor, estão contaminados pelo untor, encontram as vítimas do untor, mas suas informações não se aglutinam em torno de um conceito minimamente elaborado.

A certa altura do interrogatório, Januário Cicco acaba se convencendo de que Manoel Vitorino não é o untor. Encharca-o de querosene e prepara-se para incendiá-lo antes de retomar a perseguição.

Ocorre-lhe, porém, que Manoel Vitorino pode ajudá-lo nas buscas, sendo a única testemunha em condições de identificar o untor.

Em vez de incendiá-lo, Januário Cicco coloca-o na garupa da motocicleta e partem juntos.

Atravessam o estado rumo a Curral Queimado, seguindo a trilha venéfica.

Untor VII

Padre Cícero (1844-1934) é venerado como um santo em todo o Nordeste.

Na data de seu aniversário, 24 de março, milhares de romeiros afluem à cidade de Juazeiro do Norte, reunindo-se no Logradouro do Horto, em torno de sua estátua de concreto, de vinte e sete metros de altura. Os romeiros beijam os pés da estátua. Ao beijá-los, ingerem uma dose potencialmente mortífera de unto amarelado.

A santidade de Padre Cícero é atestada através dos milagres praticados durante seu longo sacerdócio. É farta a literatura popular acerca desses milagres. O mais importante remonta à Quaresma de 1889. Ao receber uma hóstia de Padre Cícero, a boca da lavadeira Maria de Araújo encheu-se de sangue. Os fiéis atribuíram o sangue a Jesus Cristo.

Neste preciso momento, o untor está contaminando todas as relíquias de um museu dedicado a Padre Cícero, na rua central de Juazeiro do Norte. Nas salas do museu, os romeiros podem admirar sua cama, sua batina, sua Bíblia, suas imagens de santos, sua cobra empalhada.

O untor informa-se sobre os testamentos de Padre Cícero, o homem mais rico da região, proprietário de inúmeros latifúndios, acumulados ao longo dos anos graças às generosas doações dos romeiros miseráveis.

Quando de sua morte, além de sítios, casas e terrenos, Padre Cícero também possuía dois jornais, uma mina de cobre, um colégio, um matadouro, uma cadeia, uma loja de santos.

A maioria dos sítios de Padre Cícero situava-se em torno de Juazeiro do Norte, onde ele detinha todo o poder político, não somente por suas qualidades de santo, mas por ter-se nomeado prefeito da cidade.

Agora o untor dissemina unto amarelado em suas antigas propriedades: sítio Brejinho, sítio Carás, sítio Faustino, sítio Periperi, sítio Arraial, sítio Porteiras.

À medida que contamina os sítios, pergunta a seus atuais moradores:

— Conhece alguma Catarina Rosa?

Os moradores:

— Não.

Neste instante, o untor está na Casa dos Milagres, em cujas paredes os fiéis penduram ossos, fotos, cartas, atestados médicos e radiografias, invocando o socorro divino. A mãe e a irmã de Padre Cícero eram doentes e paralíticas. Embora o santo nada tivesse feito para curá-las, os sertanejos continuam a acreditar em seus poderes milagrosos.

O untor começa a punir todos os desesperados que em tempos recentes recorreram à Casa dos Milagres.

A primeira vítima é um leproso de Antonina do Norte, que pedira a graça de Padre Cícero para recuperar a saúde. Chama-se Eliseu Martins. Não apenas Eliseu Martins permanece leproso como, depois da aplicação de unto amarelado, morre em menos de uma semana.

O untor pergunta:

— Conhece alguma Catarina Rosa?

Eliseu Martins:

— Não.

Em Tabuleiro do Norte, o untor encontra um dos miraculados de Padre Cícero, um caso perdido que, depois de uma procissão à Casa dos Milagres, conseguira debelar um tumor incurável. Seu nome é Antenor Navarro.

Antes do milagre, os médicos haviam lhe dado seis meses de vida. Os seis meses ainda não haviam decorrido quando o untor o contamina, provocando-lhe uma morte rápida, porém dolorida.

O untor pergunta:

— Conhece alguma Catarina Rosa?

Antenor Navarro:

— Não.

Em sinal de devoção, o paralítico Anísio de Abreu atravessara o estado em muletas, de Limoeiro do Norte a Juazeiro do Norte, cerca de oitenta léguas de estradas. Permanecera nove dias na cidade de Padre Cícero, dedicando-lhe novenas de igreja em igreja. Depois da última missa, pendurara uma perna de madeira no teto da Casa dos Milagres, com foto e endereço.

Agora o untor está em Limoeiro do Norte, prestes a besuntar as muletas de Anísio de Abreu.

Pergunta:

— Conhece alguma Catarina Rosa?

Anísio de Abreu:

— Não.

O paralítico Anísio de Abreu morre no dia seguinte.

Piquet Carneiro IV

O desafio entre dois cantadores de viola, na cidade de Ouricuri. Matias Cardoso e Francisco Aires, os melhores cantadores da região, alternam-se na construção dos versos, um rebatendo a rima do outro.

MATIAS CARDOSO:

Quem é Piquet Carneiro
de onde é que ele veio?

FRANCISCO AIRES:

Foi metamorfoseado
como o asno de Apuleio

Depois da apresentação do protagonista, os violeiros descrevem as principais façanhas de Piquet Carneiro, começando pela recente batalha à beira do rio Jaguaribe.

MATIAS CARDOSO:

Está todo ensangüentado
foi ferido num tiroteio

FRANCISCO AIRES:

Matou uns mil jagunços
combatendo sem receio

A esta altura, os cantadores tratam de situar Piquet Carneiro dentro do vasto território sertanejo. É uma antiga tradição local listar os nomes de todas as cidades de uma determinada área, difundindo conceitos cartográficos através da música.

No caso de Piquet Carneiro, é fundamental seguir sua trajetória, porque se ele continuar na mesma direção, inevitavelmente acabará por encontrar-se com Manoel Vitorino e Januário Cicco.

MATIAS CARDOSO:

De Jaguaruana a Jardim
cortou o Ceará ao meio

FRANCISCO AIRES:

Depois escalou o Araripe
galopando sem freio

Em Parnamirim, Piquet Carneiro atravessa as terras de Miguel Calmon, um dos maiores latifundiários de Pernambuco. Na soleira da casa-grande, vê a jovem mulher de Miguel Calmon repousando na rede.

MATIAS CARDOSO:

Violenta aquela mulher
sem muito galanteio

FRANCISCO AIRES:

Jura amor eterno
...

No desafio entre cantadores, perde aquele que não encontra a rima no momento justo. Entre Matias Cardoso e Francisco Aires, o derrotado é este último.

Entretanto, sua derrota não pode ser atribuída à falta de inspiração. Ele perde somente porque acaba de cair morto no chão, fulminado pela grande quantidade de unto amarelado que cobre as cordas de sua viola. Caso não tivesse morrido, teria concluído a estrofe com o verso "afagando-se em seu seio".

A viola de Matias Cardoso também está besuntada. Ele não chega a morrer, mas o unto amarelado paralisa suas mãos, impedindo-o de continuar a tocar.

Quanto ao boi Piquet Carneiro, segue o untor em direção à cidade de Curral Queimado. Os rastros de unto amarelado indicam um caminho preciso do qual não pode desviar.

A certa altura, suas patas dianteiras engancham-se numa linha de carretel. Desprende-se uma vareta, que aciona o gatilho de uma espingarda apontada contra seu peito.

Manoel Vitorino e Januário Cicco correm para o local do disparo. Eles haviam preparado a armadilha para caçar o untor. Ao verem Piquet Carneiro ferido no chão, imprecando contra seus agressores, imaginam que o untor tivesse se transformado naquela horrenda besta diabólica.

Piquet Carneiro ergue-se com dificuldade e avança contra os inimigos. Antes de perder os sentidos, perfura a perna de Manoel Vitorino com uma chifrada e desfere um violento coice na testa de Januário Cicco. Os três ficam desmaiados lado a lado, imersos numa única poça de sangue.

Algumas horas mais tarde, ao recobrarem as forças, finalmente conseguem esclarecer o mal-entendido. O boi Piquet Carneiro jura que não é o untor, e sim uma de suas desafortunadas vítimas. Da mesma forma que Januário Cicco e Manoel Vitorino, sua intenção é matar o untor.

Decidem persegui-lo juntos.

Januário Cicco e Manoel Vitorino vão adiante na motocicleta. Piquet Carneiro galopa logo atrás.

Demerval Lobão IV

O centro geográfico do Polígono das Secas está situado numa caatinga deserta nas imediações da cidade de Curral Queimado, no sudoeste de Pernambuco.

Todos os rastros de unto amarelado disseminados pela região parecem convergir para uma grande rocha quadrada no interior daquela caatinga.

Manoel Vitorino, Januário Cicco e Piquet Carneiro não entendem o significado da ação do untor. É como se ele tivesse usado as trilhas de unto amarelado para levá-los até ali, indicando-lhes o ponto em que finalmente poderiam confrontá-lo. Decidem aguardar os acontecimentos sem se afastar da caatinga, acampados em torno da rocha quadrada.

Passam alguns dias.

A certa altura, o jagunço Januário Cicco ouve o ruído de alpargatas no solo seco e começa a disparar às cegas em direção à caatinga. Quem desponta detrás dos ramos de mandacaru não é o untor, mas Demerval Lobão, incólume aos tiros graças a seu corpo fechado.

Assim como os outros sertanejos, Demerval Lobão fora guiado para aquela rocha quadrada pelos rastros de unto amarelado, seguindo-os por mais de sessenta léguas na divisa entre Bahia e Pernambuco.

Com sua chegada, a situação parece completar-se. Agora os quatro principais antagonistas do untor estão reunidos no centro do Polígono das Secas, prontos para o combate final. Escavam um fosso em volta da rocha quadrada e montam armadilhas em todas as veredas da caatinga.

Passam algumas semanas.

À medida que aguardam o untor, as condições de saúde dos sertanejos vão se agravando. Os sintomas variam de doente para doente. Manoel Vitorino sofre de alucinações. Januário Cicco defeca pus. Piquet Carneiro perde um chifre. Demerval Lobão é tomado por hemorragias renais.

Os quatro sertanejos concluem que o untor não voltará a passar por aquela caatinga deserta. Decidem separar-se novamente, tomando a direção indicada por cada uma das faces da rocha quadrada, como se ela fosse uma rosa-dos-ventos, Norte, Sul, Leste, Oeste.

Manoel Vitorino segue para o norte. Sua marcha é lenta e repleta de incidentes. Na cidade de Lagoa, saqueia um agricultor com mal de Chagas. A doença fora transmitida por um inseto, não pelo untor. Contaminado pelas doenças incubadas em Manoel Vitorino, o agricultor morre no dia seguinte.

Januário Cicco parte com a motocicleta para o leste. Não muito distante da cidade de Macururé, encontra traços de unto amarelado numa usina de beneficiamento de algodão. Interroga o proprietário da usina, torturando-o com o descaroçador. A seguir, incendeia a usina.

Piquet Carneiro galopa para o sul. Em Jaguarari, conhece uma aborteira. O contato físico com Piquet Carneiro acarreta inúmeras doenças contagiosas à aborteira, que infecta todas as mulheres que recorrem a seus serviços.

Demerval Lobão escala a serra das Marrecas, a oeste da rocha quadrada. É uma das áreas mais prósperas do sertão, irrigada pela represa de Sobradinho. Além disso, não há rastro de unto amarelado. Depois da passagem de Demerval Lobão, as epidemias propagam-se rapidamente.

Os quatro sertanejos espalham-se pelo Polígono das Secas em busca do untor.

Untor VIII

O untor não está em Curral Queimado, o centro geográfico do Polígono das Secas, e sim numa cidade com o significativo nome de Catarina, noventa léguas mais ao norte.

Catarina é a última escala de sua peregrinação venéfica.

Ele acaba de contaminar os jericos de um estábulo. O único a não morrer é um jerico branco mosqueado de preto. O untor decide comprá-lo, a fim de descobrir por que o animal sobrevivera ao unto amarelado.

Depois de Flores do Piauí, o untor não tivera a oportunidade de contagiar mais nenhuma Catarina Rosa. Na cidade de Catarina, espera encontrar outra mulher com aquele nome. Perambula de casebre em casebre montado no jerico mosqueado.

Pergunta:

— Conhece alguma Catarina Rosa?

Os catarinenses:

— Não.

Em Catarina, há mulheres chamadas Catarina e mulheres chamadas Rosa, mas falta uma Catarina Rosa propriamente dita. O untor inflige sua poção virulenta a todas as Catarina e todas as Rosa da cidade. A seguir, parte com o jerico mosqueado para o leste, em direção à Paraíba.

O untor tem dificuldades para cavalgar com a mão direita amputada. A certa altura, ele tomba do jerico, caindo de costas no chão.

Quando o jerico percebe que um dos tornozelos do untor ficara preso no estribo, dispara numa grande carreira, arrastando-o pelo solo pedregoso.

O jerico mosqueado corre dia e noite através das veredas desertas da caatinga, com o untor pendurado ao estribo. O untor esfola as costas no chão e bate a cabeça em pedras pontiagudas, mas o jerico não interrompe a marcha nem mesmo por um instante, impedindo-o de desenganchar o tornozelo.

O untor está acostumado a permanecer pendurado pelos tornozelos por períodos de seis horas, porém sua atual situação é bem mais difícil. Entre um terreno liso e um acidentado, o jerico sempre escolhe este último. Ou seja, aquele que pode aumentar o sofrimento do untor.

À medida que o jerico o arrasta pelo chão da caatinga de cidade em cidade rumo ao litoral, o untor observa que os diversos elementos de sua missão no Polígono das Secas parecem confluir em torno de si, numa espécie de recapitulação das histórias sertanejas que ele afligira com o unto amarelado.

Em Acopiara, espinhos de mandacarus floridos dilaceram-lhe as costas. Em Iguatu, vaqueiros ferram novilhos com a marca de seus patrões. Em Cedro, folheteiros compõem histórias sobre seu jerico. Em Ipaumirim, flagelados comem farinha de macambira. Em Umari, cangaceiros preparam-se para atacar a cidade. Em Patos, os retirantes marcham para o litoral. Em Esperança, o jerico atropela uma criança retardada.

Ao longo do caminho, a despeito do fato de ser arrastado pela caatinga com o tornozelo preso ao estribo, o untor prossegue a obra de contaminação, estendendo um único rastro de unto amarelado da cidade de Catarina até Mulungu, onde seu suprimento se esgotara.

O untor sempre acreditara que morreria no instante em que ultrapassasse os confins do Polígono das Secas. Sua vida não poderia prescindir daquela missão. Haviam-no colocado ali para contaminar com o unto amarelado todas as Catarina Rosa do sertão. Afastado de seu universo metafórico, não haveria por que continuar a viver.

Agora o jerico avança perigosamente em direção ao litoral, com o untor pendurado ao estribo. A cidade de João Pessoa é um dos vértices do Polígono das Secas. O jerico atravessa-a a galope, infringindo a barreira que delimita o território sertanejo.

O untor porém, não morre. Ele continua a ser arrastado pelo jerico até a orla marítima, ao sul de João Pessoa.

À altura do Cabo Branco, limite oriental das Américas, o jerico entra no mar e distancia-se da costa. Quando está suficientemente longe, afoga-se. O untor é tragado pelo jerico morto para o fundo do oceano, mas consegue desprender-se do estribo e retornar a nado até a praia.

Deitado na areia, o untor constata que pode viver sem o unto amarelado, sem Catarina Rosa, sem os sertanejos, sem uma missão.

É triste, mas qualquer um pode viver, ainda que não sirva para nada.

Catarina Rosa IV

Manoel Vitorino, Januário Cicco, Piquet Carneiro e Demerval Lobão dispersam-se pelo sertão à caça do untor.

Florânia

Manoel Vitorino segue os rastros de unto amarelado até a fronteira setentrional do Polígono das Secas.

Em Uruburetama, pergunta a um sertanejo:

— Conhece alguma Catarina Rosa?

O sertanejo:

— Uma.

— Onde?

— Florânia.

Depois de duas semanas de viagem, Manoel Vitorino chega ao casebre de Catarina Rosa, que está morta no chão, recoberta de unto amarelado. Ele abusa de seu cadáver e saqueia-lhe todos os bens.

Manoel Vitorino sente fome, mas na geladeira de Catarina Rosa só restam cubos de gelo. Ele esfrega o gelo nos edemas disseminados por sua pele, a sensação de frescor finalmente prevalecendo sobre a fome.

Agora Manoel Vitorino encontra-se dentro da banheira, junto com o cadáver de Catarina Rosa. Cubos de gelo bóiam a seu redor. Permaneceria na água gelada o dia inteiro se não tivesse que retomar o quanto antes a perseguição ao untor.

Flores

Neste momento, Januário Cicco está interrogando um lavrador em Correntes, cidade situada a menos de uma légua dos confins do Polígono das Secas.

— Conhece alguma Catarina Rosa?

O lavrador:

— Uma.

— Onde?

— Flores.

Januário Cicco dirige-se a Flores, à beira do Pajeú. Descobre com satisfação que Catarina Rosa ainda não fora contaminada pelo unto amarelado. Decide alojar-se em sua casa. Cedo ou tarde o untor teria de passar por ali.

Durante o convívio com Januário Cicco, Catarina Rosa contrai inúmeras doenças contagiosas.

Acaba morrendo na semana seguinte, juntamente com o marido e os quatro filhos.

Raso da Catarina

A literatura de cordel ensina que depois de sofrer o castigo divino o metamorfoseado reconcilia-se com a fé e recupera as feições humanas. Não é o que acontece com Piquet Carneiro, que continua a assemelhar-se a um boi.

Apesar de seu aspecto animal, ele acaba se casando com uma certa Catarina Rosa, numa região conhecida como Raso da Catarina, no nordeste da Bahia.

Catarina Rosa não é fiel a Piquet Carneiro. Trai-o com todos os homens da região.

Portadora de doenças que Piquet Carneiro lhe transmitira, Catarina Rosa contamina seus amantes.

Por volta do Natal, o enciumado Piquet Carneiro persegue-a até a casa de um padre. Deus castigara-o metamorfoseando-o em boi. Agora rouba-lhe a mulher através de um padre.

Com o chifre, Piquet Carneiro desventra tanto Catarina Rosa quanto o padre.

Floriano

Demerval Lobão:

— Conhece alguma Catarina Rosa?

O agrimensor:

— Uma.

— Onde?

— Floriano.

À espera do untor, Demerval Lobão instala-se no casebre de Catarina Rosa, em Floriano, Piauí.

Ao tomarem conhecimento da invulnerabilidade de seu corpo fechado, jovens pistoleiros de todo o Nordeste acorrem à cidade para desafiá-lo em duelos. Demerval Lobão degola mais de cem.

De acordo com a mitologia sertaneja, corpo fechado só pode ser violado quando o portador é atingido pelas costas.

Enquanto Demerval Lobão dorme de bruços na rede, Catarina Rosa tenta matá-lo com um facão. Demerval Lobão grita de dor, mas não morre. Desenterra o facão das costas e enfia-o no cocuruto mole de Catarina Rosa.

Este livro foi composto na tipologia Minion,
em corpo 12/16, e impresso em papel
off-white 90g/m², no Sistema Cameron da Divisão
Gráfica da Distribuidora Record.